白石一文

Timer《タイマー》

世界の秘密と光の見つけ方

毎日新聞出版

Timer

世界の秘密と光の見つけ方

Contents

記憶のベンチ

和鹿《わしか》公園には駐車場（二カ所）の出入り口をふくめて七つのゲートがある。

僕たちがいつも使っているのは、南西側のゲートで、いわゆる正門だ。四角い閃緑岩《せんりょくがん》に「県立和鹿公園」と金文字で彫り込んだ大きな石碑がゲート脇に設置されている。

他の四つのゲート（駐車場出入り口は除く）にはフェンスの門柱に名称を記した簡単なプレートが埋め込まれているだけだった。

ゲートが七つという一事でも、和鹿公園の大きさは知れるだろう。園内にはサッカーやラグビー、陸上競技に使われるスタジアム形式の総合運動場、ナイターも可能な野球場、八面のテニスコート、体育館、それに大きな人工池とバラ園、日本庭園、植物園があり、縦横に走る園路で区画分けされた芝生の広場が合計六カ所もあった。

それぞれの広場にはさまざまな樹木が植えられ、最も広い「桜広場」には楕円形の芝地を取り囲むように、ソメイヨシノ、オオシマザクラ、カンヒザクラなど五百本以上の桜の木々が配されている。

敷地面積は五十五ヘクタール。むかしで言えば東京ドーム十二個分に相当する。この公園はここ和鹿市でも最大規模の公園なのだった。

正門をくぐって園内に一歩足を踏み入れると鬱蒼《うっそう》とした森の様相となる。そのなかを細い一本道がつづき、しばらく歩くと不意に視界がひらける。煉瓦《れんが》タイルを敷き詰めた円形の広場に行き当たるのだ。広場の中央には小さな噴水があって、ベンチが一つ置かれている。そしてその手前、つまりは正門側に向き合うベンチを広場の入り口からうまく目隠しするように一本の伽羅木《キャラボク》が植えられていた。

公園のほんとうの始まりは、正門の反対側、円形広場の出口からだった。この出口を出てふたたびしばらく歩くと四本の遊歩道に枝分かれする辻があり、それぞれの遊歩道の先に各種施設や芝生の広場が点在している。

雨やよほど風の冷たい日を除けば、僕たちは毎日、和鹿公園に散歩に来る。正門から入って園内のあちこちを一時間ほど散策し、正門に戻って帰宅する。正門を使うのは別に格式張った理由からではなくて、僕たちの住んでいるマンションに一番近いのがその入り口だからだった。

今日も昼食のあと、カヤコ（伽椰子）と二人で散歩に来た。

カヤコは僕より七つ年上だがすこぶる壮健だ。足腰もしっかりしているし、判断力も記憶力も若い頃と変わらない。八十九歳だからむろん外見はそれなりに老いてはいるが、そうは言っても、一般的な（つまり自然状態の）八十九歳の女性と比較すれば格段に若々しく見える。

一方、八十二歳の僕は自然状態よりあと少しだけ老け込んでしまった。外見はそれほどでもない。というのも白髪の量はたっぷりだし、顔や手の皺《しわ》も少ない。何より長年つづけていた太極拳のおかげで姿勢の正しさを保持している。背筋はぴんと伸び、腰痛とも無縁だ。見た目だけなら五つや六つは若く見られても不思議ではない。実際、たまに「とても八十二歳には見えませんよ。お若いです」とお世辞混じりに言われることもある。カヤコと一緒にいても違和感を覚えさせないくらいではあった。

ただ、彼女が七つも年長だと告げると、誰もがカヤコの若さに「なるほど……」と納得顔になるのはいたしかたあるまい。

今日も僕たちは園内を巡り、十月も半ばを過ぎてようやく色づき始めた木々をたのしんだ。とりわけ体育館の周辺に植えられているカツラは丸く可憐な葉々がうっすら赤く染まって、その荒々しい木肌とのコントラストが鮮やかだった。カヤコはカツラの木を見つけるたびにスマホをズボンのポケットから取り出して撮影に余念がない。

平日とあって人影は少なく、今日も園内のすがすがしい空気と午後の静かな佇まいをたっぷり味わって伽羅木の植わった円形広場まで戻ってきたのである。

僕は噴水の前の一つきりのベンチに腰を下ろす。

歩き疲れたというわけではなくて、それがここ最近の習慣なのだ。帰途、こんなふうに一休みするようになったのはいつの頃からだったか？　正確には思い出せない。半年ほど前か、それとも一年近くになるのか。とはいえ「最近」と言って支障がないくらいの時間だろう。

ベンチに誰か座っているのを見たことがなかった。

噴水は、公園を訪れた最初からあったが、このベンチが置かれたのはここ一年以内だ。噴水と伽羅木とのあいだにどうしてこんなものを、しかも一基だけ据えたのか――非常に不思議ではあった。背中の噴水はともかく伽羅木は足をのばせば届くほどの距離にある。こんな狭間のベンチに座っても大方の人は窮屈で落ち着かないだろう。

というわけで、しょっちゅう座るのは僕くらいだと思われる。

ひょっとすると、僕のために置いてくれたのか？

そう考えなくもなかった。公園の管理事務所が一常連客の体調を慮《おもんぱか》って休憩用のベンチを導入したはずもない。だが、それでも、このベンチは僕専用として置かれたのかもしれない。日々の観察で、僕以外の人が座っているのを見たことがないのだから、本来の意図うんぬんとは別次元で、それはたしかな事実と呼んでいいようにも思う。

僕にとってはこのベンチは窮屈どころかとても居心地がよかった。

なんと言ってもすぐ目の前にある伽羅木が気に入っている。常にていねいに剪定《せんてい》されていて、こんもりと可愛い形状をしている。あたかも巨大な緑のキノコがにょきっと地面から生えているかのようだ。そして、その周囲にはどこか謎めいた非日常の気配が漂っている。

「じゃあ、帰るね」

ベンチに腰を下ろした僕に声をかけ、カヤコが広場の入り口へと去っていく。一度も振り返らない。カヤコはベンチに座ったことがない。こうして僕を置いて一足先に引きあげる。大体は、途中のショッピングモールで夕飯の買い物をするので帰宅時刻はほぼ一緒くらいだ。

ただ、僕の方が先着したことはないし、マンションのエントランスやエレベーターホールで出くわして一緒に部屋に上がったこともなかった。一回くらいそんな偶然が起きてもいいのに、なぜかそうならない。それもまた不思議だし、何かしら特別な意味が秘められているのかもしれない。

カヤコの後ろ姿が消えるのを見届けて、僕は視線を伽羅木へと戻す。常緑の木はどんな季節も濃い緑を保っている。伽羅木はことに暑さ寒さに強いらしい。

目の前のこんもりとした濃緑をしばらく眺める。やがて視界がその色で満たされてくる。ベンチの背に身体をあずけて薄目になる。二、三度深く呼吸をする。太極拳は数年前にやめたが、呼吸法はしっかりと身に備わっている。ふつうの人の呼吸数は一分間に大体十五回〜二十回だが、太極拳を行なうと五回程度に減る。深くゆっくりとした呼吸こそが技の要諦であり、いまでもこうして身体をリラックスさせれば、呼吸を一桁台に減らすのはたやすい。

深い呼吸による効用は意外なところにも発揮される。散歩帰りにこんなふうに座って物思いにふけるようになったのは、その意外な効用に気づいたからでもある。

今朝、長年使ってきたコーヒーカップが一つ割れた。

洗っていると、強い力を加えたわけでもないのに持ち手がぽろっと欠けたのだ。北陸の金沢に住んでいるときに購入したもので、かれこれ三十年あまりは愛用していた。二客ペアで、割れたのは僕が使っていた大きい方のカップだ。金沢の大学で教えていた頃の思い出の品で、当時は独り身だった。

持ち手がきれいに取れただけなので、まだ使えそうな気もしたが、捨てることにした。洗い終えたものを拭き上げ、デパートの包装紙にくるんでゴミ置き場に持って行った。

各フロアに設置されているゴミ置き場のドアを開け、「割れもの」専用の収納ボックスにカップを入れる寸前、「そういえば、このカップは何焼きだったろう?」と思ったのだった。金沢で買ったのだから当地の焼き物に違いなく、歴史の町、金沢であれば、それは有田や伊万里、瀬戸や美濃などと並び称せられる有名な焼き物に違いなかった。

――はて、では、何焼きであったのか?

どうしても思い出せなかった。思い出せないままに午前が過ぎ、カヤコの作った焼きそばで昼餉《ひるげ》を済ませ、いつものように午後二時頃に散歩に出た。

結局、帰りのベンチ休憩を当てにするしかなかったのだ。

このベンチに座って深呼吸をすると明らかに意識が澄んでくる。ここ数年で常態化してしまった記憶の乱れや減退が、そのときばかりは影を潜めてくれる。理由は分からない。家や他の場所でソファやベンチに座って呼吸を落ち着かせても効果はなかった。なぜだか、ここで集中する折にだけ、さまざまな出来事や、忘れてしまった固有名詞がよみがえってくる。僕は、このベンチを「記憶のベンチ」と呼んでいる。

もう一度、ゆっくりと深呼吸をしながら、ステンレスの洗い桶のなかでカップが割れた有様を脳裏に思い描く。そして、今朝から何度も繰り返してきた問いを心の中で自分に向かってつぶやく。

「これは何の焼き物だったっけ?」

すると、どうだろう。まるで古びた回路に電流が流れたように、コンセントにようやくプラグをしっかり差し込めたように意識の画面がパッと明るんで、

「九谷焼だよ」

という声が聞こえたのだった。

――ああ、今日もやっぱり思い出した……。

小さな安堵のため息をつく。

こんなふうにこの場所で記憶を取り戻すと、そのあと関連する記憶が次々に連なって釣り上げられてくる。「記憶のベンチ」が特別な理由はそういうところにもある。

ふたりの自分

「九谷焼」は金沢の名物だ。当時、住んでいた宿舎の近くに九谷焼の専門店が看板を上げていて、たまに中を覗いていたのだが、あの藍色のペアのコーヒーカップを見つけたときに買う気になったのだった。僕が常用していたのは大きめの方で、小さめのやつはカヤコと一緒になって初めて彼女に使わせた。その頃には僕はもう金沢を離れ、東京で暮らしていた。

金沢暮らしは二年足らずだったが、カヤコと一緒になって何度か遊びに行った。そうだった。たったいま思い出したが、あの九谷焼の店も、ふたりで一度訪ねたのではなかったか？　そのときカヤコは焼き物は買わずに輪島塗の大ぶりのお椀を二つ買ったのだ。現在もうどんやそばを食べるときにたまに使っている黒い塗り椀は、そういえば、幾度《いくど》目かに金沢を訪ねた折にあそこの店で手に入れたものだった……。

こうやって「記憶のベンチ」でいろんなことを思い出せるようになって、僕は、記憶というのは糸のようなものだ、とつくづく分かった気がしている。「記憶の糸をたぐりよせる」という慣用句の適切さに舌を巻く。記憶にはそれぞれ細い糸がついていて、僕たちは日々、無数の糸のなかから

「これだ！」というものをつまんで引っ張り上げている。正しい糸を正しく引っ張り上げれば僕たちはいつでも過去へと遡行《そこう》できる。だが、最近の僕は、「これだ！」と選んだ糸が正しくなかったり、つまんだ糸を途中で指からすべらせてばかりいる。

ほんとうにいろいろなことを忘れてしまった——と思う。

「忘れる」というのは難しい概念だ。客観的には明瞭でも、主観的には非常にやっかいなものである。自分以外の人間の忘却の度合いというのはかなり正確に判断ができる。「なんだあの人はあんなことも忘れてしまったのか。すっかり耄碌《もうろく》したもんだ」と評するのはたやすい。が、これが自分自身のこととなると、「なんだ僕はあんなことも忘れたのか。すっかり耄碌したもんだ」とは言えない。忘れるというのは、何を忘れたかを忘れるということでもあるからだ。何を忘れたかを忘れてしまえば、それはもう「忘れる」とは言い得ないのかもしれない。何を忘れたかを忘れた世界には「忘れた」という概念が存在しない。彼は忘れるべきものを、まずは忘れてしまっているのだから……。

そしてもう一つ。仮に前世というものがあって、前世で自分が何であったかを忘れてしまっていたとしても、それは忘れたことにはならないだろう。何を忘れたかを忘れるというのは、譬《たと》えて言えばそういうこととも少し似通っている。

いまの僕がまさにそうだった。ほんとうにいろいろなことを忘れてしまった——という気配は濃厚に感じ取っている。何しろ、日々（今朝の九谷焼のカップの件もそうだ）、さまざまなことで記憶の喪失や混乱を経験しているのだ。これはただごとではないぞ、という実感はある。

運転する車が走行中に何度もエンストしたり、平らな道でガタガタ揺れたりしたら、「この車全体に大きなトラブルが発生しているに違いない」と推測するのは自然な話だ。僕の頭も似たような具合になっている。だが、では現実に自分がどんな「いろいろなこと」を忘れてしまったのか?（車のどの部分が壊れてしまったのか?）を詳《つまび》らかにしようとすると、具体的に列挙できない。自分が何を忘れたかがまるで分からないのだ。といって、車のように車体だけ整備工場に預けて修理を頼むわけにもいかない。

人間というのは物心がついた時点で、ふたりの自分に分裂する。

実人生を悪戦苦闘しながら歩んでいく自分（車）と、そういう自分を観察する自分（運転手）だ。この二役を僕たちは死ぬまで同時にこなしつづける。ふたりとも与えられた肉体のなかにあるので、車と運転手のようにときどき分離することはかなわない。いまの僕みたいに車体（脳）が壊れてくると、それを修理して、かつてのように上手に記憶の糸をたぐり寄せる機能を回復させるのは、ほとんど不可能ということになってしまう。

僕はいわゆる認知症なのだろう。

診断は受けていないが、おそらく数年前から認知症の不可逆的な症状に見舞われている気がする。妻のカヤコはとっくにそのことに気づいているはずだ。だが、いまのところそんな素振りは見せないし、「ねえ、今度一緒に病院に行かない?」と誘ってくることもなかった。

まだ何とか普通の暮らしを維持しているので、あとわずかで人生の終点を迎える彼女にすれば、そんなこと（僕の認知症）はさほど重大な問題ではないということなのだろうか？

進化の怪物

動物はいま（だけ）を生きている――とよく言われる。彼らはただ、真っ直ぐに与えられた生命を燃焼させる。明日の心配どころか、つい数分後の心配さえしていないように見える。食べたいときに食べ、飲みたいときに飲み、眠りたいときに眠る。明日、食料や水が手に入るかどうかを思い煩いはしない。食べたい、飲みたいとなったら全力で獲物を追い、水場を捜す。

彼らがそんなシンプルな生き方を実践できるのは、自分という存在がふたつに分裂せずに済んでいるからだ。彼らは、俺は虎だ、俺はライオンだ、俺は羊だ、と決して思わない。それどころか俺は雄だ、わたしは雌だと思うことさえない。犬は犬を、猫は猫をただひたすらに生きる。自分が犬だとも、猫だとも知らずに。

彼らは外界を観察して、自身との差異を分析したり、自分たち以外の生物それぞれに名前を付けて仕分けしたりもしない。太陽や月、星々の運行を占うことも、その法則を見出すこともしない。自分や他人の行為を記録したり、それをもとにありもしない物語を妄想するようなこともない。

人間は彼らと同じ動物の一種で、他の哺乳類と対比すれば、感覚器官や諸臓器などはほとんど同じものでできている。進化の過程をたどるなら、哺乳類以外の生物ともまちがいなく起源を一つにしているのだ。

だが、それでも人間は他の生物とはまったく異なる存在だ。

生理学的な観点を除けば、他の生物と人間とのあいだに共通するものは何ひとつないと言ってもいいだろう。

――どうして、人間だけがこんなに他の動物たちと違っているのだろう?

僕は幼少期からそのことが疑問で仕方なかった。海中で生まれた単細胞生物が途方もなく長い時間を費やして複雑な多細胞生物へと進化したというのは分かる。なかには恐竜のようにとてつもなく巨大化して一億数千万年ものあいだ地上を支配した種もいた。だが、その恐竜と比較しても、僕たち人類の異質さは際立っている。恐竜は形はでかくても、まあトカゲの化け物みたいなものだ。巨大隕石の衝突によって彼らはあっけなく絶滅する運命だった。

いくら三十億年以上の年月を費やした結果だとしても、他の生物たちと見比べて、人間の進化レベルはまさしく怪物的である。どうして人間だけが、こんな「進化の化け物」になってしまったのだろうか――僕はその理由がずっと知りたかった。

むかし何かの読み物で、とあるＳＦ作家が、「生命の存在する星々を訪ねて、そこの生命を根絶やしにするのが趣味の宇宙人がどこかにいるのではないか？　そんな彼らが遠い昔、この地球にやってきて、サルの遺伝子にちょっとした細工をほどこした。そうやって凶暴で貪欲で被害妄想で繁殖力の強い化け物ザルを生み出せば、どんな豊かな生物相を持つ星もこのサルたちによって大半の生命が死滅させられ、やがて彼ら自身も滅びることをこの宇宙人はよく知っていたのだろう」と書いていて、子ども心に深く納得した記憶がある。

長じて、これと正反対の説を唱えている小説を読んだこともあった。

その小説のなかで作者は、「この地球が人類を生み出した唯一の理由は、数百万年に一度、必ず襲ってくる巨大隕石に対処するためだった。人間という突出した頭脳を持つ生物を作り、彼らの科学技術を使って飛来する隕石を破壊する。そうするしか豊かな生態系を守る手段はないと地球の神は考えたのである」といったことを書いていた。

作者によれば、核ミサイルによって巨大隕石の軌道を変えるくらいのことは、現在の科学技術でも可能であるらしい。この説にも僕は何やら強い説得力を感じた。

地球上の生物を根絶させるために僕たちは作られたのか？　それとも生物の大量絶滅を防ぐために作られたのか？

人間が、なぜ人間になったのか？――を考えることは、僕が、なぜ僕になったのか？――を考えることと多分に重なっている。というより最初の大きな問いに答えられなければ、次の小さな問いに答えられるはずもないのである。

「宇宙人の破壊工作説」も「地球の神による隕石破壊計画説」も、なぜ人間だけがこれほど高い知能を獲得してしまったかを説明するにはあまりに突飛で非現実的だろう。そもそも僕がその宇宙人であれば、何もサル一匹の遺伝子だけを改変せずに、ワニやカブトムシの遺伝子も改変して、化け物ザルと化け物ワニと化け物カブトムシを同時に作ると思う。そうすれば、この三者が三つ巴の殺《さつ》戮《りく》戦を始め、そっちの方が地球の生物相をてっとり早く殲《せん》滅《めつ》できるというものだ。

隕石破壊計画説に至っては、地球の神なんて一体どこにいるのか、と言いたい。そんな神様がいるのであれば、いくら隕石を破壊するためとはいえ、ここまで他の生物を思うままに虐殺して憚《はばか》らない不道徳で欠陥だらけの種を創造するとはおよそ思えない。

じゃあ、なぜこんな「進化の化け物」が誕生してしまったのか？　あげくワニの化け物もカブトムシの化け物も生まれず、なぜサルの化け物だけが生まれてしまったのか？

理由を見つけることのできそうにないこの種の問いにぶつかったときは、発想の転換が必要である。転換と言うより〝裏返し〟と表現した方が適当かもしれない。

「どうして人間だけがこれほどの知的進化を果たしたのか？」

という問いをまずは裏返してみよう。すると次のような問いに変わる。

――どうして人間以外の生物は、何十億年という時間を与えられながら人間の足元にも及ばぬ程度の知的進化しか遂げられなかったのか？

さきほども言ったが、サルの化け物ができるのであれば、ワニの化け物やカブトムシの化け物だって誕生してもよかったはずだ。しかし現実にはサルの化け物のみが地上にはびこり、あとの生物は彼ら（人間）にいいように蹂躙《じゅうりん》されてしまっている。

こうした成り行きはどう見ても不公平で不均衡で不自然であろう。同じ進化の法則に則《のっと》って、同じ進化の道筋をたどっているのであれば、本来、ここまで極端な乖《かい》離《り》は起き得ないと思われる。

これではまるで、人間と他の生物とは別の進化の法則、別の道筋を通って進化したと考えた方が分かりやすいくらいだ。

そして、それはその通りなのではないかと僕は考えているのである。

進化の路線図は、遠目にすればさまざまな動物と人間とが同じ列車に乗って同じ方向へと導かれたかのように見えるのだが、近くに寄って観察すると、その路線図は、実は二枚の透明なフィルムが合わさったもので、試みに上のフィルムを剝がしてみれば、そこには人間のみが利用できる航空路線図が描かれていた——といったところが真相ではないのか？

人間と人間以外の動物たちは、別の進化の法則に従い、別の道をたどってそれぞれの現在に至っている——これは、案外多くの人たちに受け入れられている考え方でもある。たとえば、クリスチャンのなかにはいまでも進化論を「共産主義者がでっち上げた嘘だ」と主張する者がたくさんいる。彼らは、人間は神の被造物だと固く信じているのだ。

僕はクリスチャンでもないし、進化論がでっちあげだとも思わないが、しかし、そういう否定論者とはまったく別の観点から、人間と他の生き物たちは存在の仕方がまるで違うと考えるようになっている。

ほどけていく夢

いまどこにいるのだろう?

うたた寝から急に目を覚ましたときのように僕は周囲を見回す。就寝して数時間の眠りを得たのち(歳を取ってくるとあまり長くは眠れなくなる)、朝、ベッドの上で目覚めた瞬間はこんなふうに自分の居場所や、自分の存在に戸惑うことはあまりない。覚醒時と睡眠時がしっかりと連結され、そのふたつが地続きであるという確信のようなものが意識の奥に根づいているからだろう。

だが、知らぬ間の午睡や、いまみたいに「記憶のベンチ」に座り込んで過去の思い出やとりとめのない(だが、長年こだわってきた)思考に身を委ねていると、ふと我に返ったときに、自分が一体誰で、いまどこにいるのか分からなくなる。

最近は、うたた寝をしていなくても、ベンチに座っていなくてもこの種のこころもとなさに襲われることが増えてきていた。寝ても覚めても自分は自分だ——という確信が徐々に薄れ始めている気がする。つい油断してしまうと「自分」という「意識の囲い」のようなものが解《ほど》けてしまいそうになる。

意識というのは不思議なものだ。基本的には「自分」という主語がそこには存在する。だが、たとえば夢のなかでは割と日常的にその主語の存在しない意識が展開されたりする。「白日夢」だとか「まるで夢を見ているようだ」とか「夢幻のごとく」だとか、僕たちが我を忘れた状態になるとき「夢」という言葉をよく使うのはそのためなのだろう。

眠っているときも僕たちの脳は活動をやめない。意識活動は脳のなかで絶えず変幻自在に繰り広げられている。夢に限って言えば、僕たちが自覚するのは、夢の総量のほんの何分の一かに過ぎない。そして、目覚めたときに記憶しているのはそのまた何分の一ということになる。

仮に自分という主語のある夢でも、半分以上の夢は、それを観察しているだけだ。たとえばライオンに追いかけられる夢を見たとして、襲われる自分に完全に同化して、実際にライオンに襲われたとき（そんな経験はほぼあり得ないが）と同じような恐怖を感じることもあるが、大体はそうやって逃げ惑う自分自身を外側からハラハラしつつ眺めていることが多い。この場合、正しくは「ライオンに追いかけられている自分を見ている夢」ではなく、「ライオンに追いかけられる夢」ということになる。

こんなふうに夢の話ひとつとってても、よくよく思い巡らせていると、

――そもそも自分とは何だろう?

と不思議な心地になる。人間のなかにはふたりの自分がいて、それは車と運転手のようなものだと言ったけれど、車の方はともかくも運転手の方は「自分」とは称しても、その実体は曖昧《あいまい》模糊《もこ》としている。現実を生きる「自分」を観察するもうひとりの「観察者としての自分」という点では一般化できるけれど、じゃあ、その「観察者」は具体的にどんな人(自分)なのかと問われれば、それに答えるには「観察者」を観察しているさらに「もうひとりの観察者」というものを用意しなくてはならなくなったりする。要するに合わせ鏡のような堂々巡りに陥ってしまうのだ。

こんな歳まで生きながらえてようやく分かってきたのだが、僕たちの脳内で絶え間なく起きている意識現象は、睡眠時だけでなく覚醒しているときであっても、僕たちをうっちゃった状態で勝手にさまざまな想念を生み出しているようだ。むろん、それを観察する自分は存在するのだろうが(しかし、彼は非常に忘れっぽい)、その自分は自分らしさのない一般的な自分(AさんとかBさんとかCさんとかの区別のない自分)で、僕たちがそう信ずるところの自分自身とはちょっと違うものなのだ。

うたた寝から目覚めた瞬間や、「記憶のベンチ」での思案から離脱したとき、自分が誰だか分からなくなるのは、その自分が「自分らしさのない一般的な自分」(これを仮にαとする)になっているからだろう。そして一拍ののちに僕たちは「そう信ずるところの自分自身」(βとする)にス

イッチを切り替える。

このスイッチの切り替えが加齢とともにスムーズにいかなくなる。うたたねや「記憶のベンチ」のみならず、普通に起きているときでも油断をすると意識はαの状態に没入し、ふと我に返ってもβに戻すのに手間取ってしまうのだ。おそらく脳にとっては、αの状態の方が心地いい、ないしは負担が少ないのだろう。脳が成長過程にある赤ん坊や幼児を見ていてもそれはよく分かる。高次の機能を獲得するまでの脳は、主にαの機能を使って外界からの情報を取り込み、想念を作り出しているのに違いない。彼らはそうやってβの自分を徐々に完成させていくのかもしれない。

そして、老化が進むとオートファジー機能の低下によって脳内のゴミの処理がうまくいかなくなり、今度は器質的にβを維持するのがむずかしくなってくる。そのため、僕たち老人の意識活動は次第にα中心になってくるのだ。認知症というのは、意識がαによってほとんど独占されたときにあらわれてくる症状だと思われる。

ほんとうに親しい者の死

晩御飯は鱈《タラ》ちりだった。久しぶりに新鮮な鱈があったから、とカヤコはたっぷり買い込んできていた。今夜は鱈ちりにし、明日は鱈フライにするらしい。あとは例によって自慢の味噌床に漬け込み、西京漬けにするのだろう。カヤコの作る自家製の西京漬けは、どこの店で買ったものよりも美味しい。季節ごとにさまざまな魚（鱈、サワラ、鮭《サケ》、鯖《サバ》、メカジキ、イカなど）を漬け込んで冷凍保存し、日々の食卓に供してくれる。

手作りのおろしポン酢で食べる鱈ちりも美味だった。

カヤコは料理が得意だ。最初の妻を失って長く独身だった僕も料理は好きだった。一緒になってからはずっと、代わりばんこに食事の支度をしていたが、ここ数年は僕の認知能力にほころびが目立ち始め、いつの間にかほとんどをカヤコが引き受けるようになっている。

もとから僕が得意だったのが洋食で、カヤコは和食だったというのもある。歳を取ると脂っこい洋食より、あっさりした和食の方が舌になじみやすい。そういうこともカヤコの料理が主になった要因である。むろん彼女の方が心身共に僕よりはるかに健康な状態にあるという最初の理由が一番ではあったが。

食事の片づけを一緒にして、僕たちはTVの前のソファに並んで腰掛ける。

午後六時半。いつもの日々のいつもの夕べのひとこまだった。

カヤコがTVをつける。こうして食後にふたりで観るのはニュース専門チャンネルと決まっている。八十二歳と八十九歳の夫婦にとって本当の意味で興味あるニュースなどない。何もかも自分たちの外側の世界で巻き起こっている、譬えて言うなら遠い星の出来事のようなものだった。いまの僕たちにとって外界の情報で有益なのはせいぜい天気予報くらいだろう。その証拠に僕もカヤコも家にいるとしょっちゅうEcho《エコー》端末に「今日の天気は?」とか「いまの体感温度は?」と訊ねている。他に知りたいことが見当たらないのだ。

それでもニュースは、他の番組を観るよりは良いひまつぶしになる。

今日のトップニュースはアメリカのイリノイ州で発生した銃乱射事件だった。事件はシカゴ郊外の大型ショッピングセンターで発生し、犯人は地元のハイスクールの生徒七人組(三人は女生徒)だった。開店と同時にライフルや拳銃を持って乱入した彼らは、買い物客、警備員、そして駆けつけた警察官などに次々と発砲、犠牲者の数はいまも増えつづけているようだ。犯人たちは手持ちの弾薬が尽きると、立てこもっていたベビー用品店から両手を頭にのせて数時間後に投降。取り巻く警官たちにもみくちゃにされつつ連行されたのだが、報道陣のカメラが待ち構えるショッピングセンター出入り口付近で激高した野次馬《やじうま》数人に襲撃され、七人のうちの三人が射殺された。そばにいた警察官も一人が死亡、数人が重傷を負ったという。

――相変わらずひどい世の中だな。

――この世界の一体どこに神や仏がいるっていうんだ。

テレビ画面に繰り返し映し出される、犯人たちが襲われる瞬間の凄惨《せいさん》な場面を眺めながら僕は思う。しかし、それは薄っぺらで乾いていて、実のところ自分にとって何ら意味を持たない、ただの単語の羅列でしかなかった。

これまでの人生で、似たようなニュースを一体どれだけ目にしてきたことだろう。まだ若かった頃は、こうした悲惨な出来事に対して、もう少し、心を痛めていたようにも思う。たとえば、もし自分の家族がこんな場所に居合わせていたらとか、自分自身がライフルを持った犯人に追いかけられたらとか、野放図な銃社会でありつづける米国に住むなんてとてもできない相談だな――とか、多少とも我が身に引き寄せて何か言葉を頭に浮かべることができたのではないか。

だが、いまはそれもすっかり昔の話だった。一番の理由は、当の引き寄せるべき我が身がもうほとんど残っていないからだろう。僕にはカヤコ以外に家族と呼べる存在はいないし、仮に自分がライフル犯に追いかけ回されたとしても逃げる体力はないうえ、撃たれて死ぬことへの恐怖もあまりない。せいぜい「急所を外さないでくれよ」と願うのが関の山だろう。この歳でいまさらアメリカに移住するなどあり得るはずもなかった。

そして、唯一の家族であるカヤコは、来年の五月十八日、九十歳の誕生日を迎える前日にこの世を去ってしまう。たとえ明日、彼女がテロに遭遇したとしても、それは、そこまで理不尽で唐突な死ではない。貴重な最期の日々を奪われたうらみは残るだろうが、しかし一方では、僕たちにとって拷問のような日々でもあろうこの半年あまりをひと思いに帳消しにしてくれた犯人に対して、怒りとはまったく別の感情を抱く可能性もゼロとは言えなかった。

死というものはつくづく、「ほんとうに親しい者の死」と「自分自身の死」の場合にのみ意味を持つのだと、これまで数多《あまた》の死を眺めてきた僕は思う。

僕にとってほんとうに親しい者の死は、前妻のヒロコ（比呂子）と、うーちゃんの死だけだ。ふたりの死と自分自身の死のみが意味のある本物の死なのである。

僕たちは日々、ニュースに接して今回の乱射事件のような犯罪や事故、テロや紛争、さらには戦争という形で大量の死を見聞し、実人生においても親や親族、友人や同級生、上司や同僚、仕事仲間、趣味仲間や飲み仲間などの死をしばしば体験する。

そうやって接する死のなかで最も大きなシェアを占めているのは、物語のなかの死だ。僕たちは幼い時期からＴＶや映画、ゲーム、小説や漫画で無尽蔵かと思えるほど大量の死を経験する。生まれて死ぬまで、この世界は常に死で満たされている。

ただ、それらは本物の死ではなく、本物っぽい死であったり本物っぽくない死であったりするのだ。大切なのは、本物っぽくない死（ＴＶや映画、本や漫画のなかの死）と本物っぽい死（親しかった人々や尊敬する人の死や事件、事故、戦争などによる死）は、どちらも「本物以外の死」という点で共通するということだ。

　本物以外の死については、僕たちは一観察者の域を超えることはない。そもそも本物の死と見做《みな》していた死（たとえば親きょうだいの死）でも、大半は経年変化によって本物っぽい死に転化してしまう。そして、本物以外の死は、自分とは直接の関わりを持たない、単なる情報としての死なのである。

　情報としての死である限り、あくまで人生の背景でしかない。ちょうどそれは、満天の星のようなものだ。そこには「死」という名前の無数の星々が浮かび、そのきらめく夜空の下で僕たちは我が人生を生きるわけだが、夜空が僕たちに対して何らかの強い影響を与えることはない。降るような星空から星がほんとうに降ってきたりはしないように僕たちに強い影響を与え得る死は、地上にある本物の死に限られるからだ。

　この世界は、ほんとうに親しい人の死と自分自身の死だけでできている。

　ほんとうに親しい人の死は現在の死であり、自分自身の死は未来の死である。現在の死は現象そのものが僕たちに激しい影響を与え、未来の死は、その百パーセントの可能性が僕たちに計り知れない影響を与えつづける。

　僕が影響を受けた死は、ヒロコの死と、うーちゃんの死だけだった。そして、来年五月に迎えるカヤコの死もまた、彼らの死と同じように僕に激しい影響を与えるだろう。結局、この世界というのは、ヒロコとうーちゃんとカヤコと僕自身の死によって作られたものだった。

最近になって僕はようやくそのことを見極めた。つまり、自分を取り巻く世界の構成要素のすべてをついにこの目で捉えることができるようになったのだ。

幻視

「ねえ、どう？」

ＴＶを観ながら僕はカヤコに訊ねる。

「僕はときどきこの画面のなかの人たちが骸骨《がいこつ》に見える。見えたり見えなかったりだけど」

「私もおんなじ」

カヤコはキッチンで淹《い》れたコーヒーを持ってちょうどソファに戻ってくるところだった。二つのカップが載ったお盆を胸のあたりに引き寄せ、じっとたしかめるように画面を見つめている。乱射事件のニュースはすでに終わり、いまは久しぶりに開かれた米印中首脳会談の模様が流されていた。僕には、共同記者会見のためホワイトハウスの芝生に並び立つ三カ国の首脳の姿が順繰りでちらちら骸骨に見えていた。

「だとすると、やっぱりＴｉｍｅｒ《タイマー》のせいってわけじゃないんだね」

足下のローテーブルにお盆を置いてカヤコが隣の席に戻る。

「そうみたいね」

幾分納得のいかない声音はいつも通りだった。

人の姿がときどき骸骨に見える、と彼女が言い出したのは半年ほど前だ。カヤコの身体に埋め込まれたＴｉｍｅｒがあと一年ちょっとで消滅するという頃合いだった。

「骸骨？　どういうこと？」

そんなたぐいの冗談を口にする人でもないので、僕は目を丸くした。

「だから、ここ数日、公園やショッピングモールですれ違う人たちが骸骨に見える瞬間があるんだよ」

彼女は困ったような顔を作り、手許の味噌汁を一口飲んだ。ふたりでいつものように晩御飯を食べているときの会話だったのだ。

「骸骨って、あの理科実験室の標本みたいなやつ？」

カヤコが手にした味噌汁の椀を静かに戻して頷《うなず》く。

「しかも、顔だけじゃなくて全身」

そう言って、

「いまはカズマサ（和正）さんの顔や身体も骸骨化してる。カズマサさんが骸骨に見えたのは初めてなんだけど」

　と付け加える。

「嘘でしょ」

「ほんと」

　この話を聞いたあと、僕はさまざまな手段を使って、Ｔｉｍｅｒと彼女の幻視との関わりについて調べた。いまやＴｉｍｅｒ装着者が人口の三分の一を超えているので、Ｔｉｍｅｒを埋め込むことによって生ずる身体的、感覚的な変化については膨大な数の調査、研究が行なわれている。長く大学で教えてきた人間だから、そういう調べ物について僕は玄人だった。半月ほどかかりきりになったが、「Ｔｉｍｅｒの副作用で人間が骸骨に見える」という現象はどこにも報告されていないようだった。その間も、カヤコの幻視は一過性とはならず、頻度はさほどでないもののずっと続いていた。

　そうやって半年ばかりが過ぎた先々週、新たな事態が生まれた。その日、僕たちは日課の散歩を休んでマンション内にある温泉に出かけた。朝からの雨が午後になっても降りつづいていた。洗い場でざっと身体を流し、僕は大きな湯船に身を沈めた。まだ昼餉時を過ぎて間がない時間だったので他に誰もいなかった。首まで湯に浸かってぼーっとしていると正面の出入り口のドアを開けて人が入ってきた。彼の姿を見て我が目を疑った。顔や身体が透けて、骨格がはっきりと見て取れたのだ。まるで自分の目がＸ線透視装置にでもなったみたいだった。

――こういうことか……。

僕はそのとき初めてカヤコが言っていた「人間が骸骨に見える」というのがどういうことなのか分かったような気がした。

――カヤコの幻視が伝染してしまった。

それからも三人、新入りが浴場に入ってきたが、そのうちの二人は最初の一人と同じように骨が透けて見えた。残りの一人は裸体のままだ。どうしてこの人だけ普通なのだろうと何度も凝視していると、こちらに気づいた向こうがにらみ返してきて、慌てて顔をそらしたのだった。男女共用の休憩所で女湯から出てくるカヤコを待ち構え、男湯で自分に起きた変化を報告した。

「やっぱりTｉｍｅｒの副作用なんかじゃなかったんだ」

やや興奮気味に口すると、

「ほんとかなあ」

そのときもカヤコはいささか不本意な口調で、

「まだ、どうだか分からないよ」

と言ったのである。

以来、僕たちは人の姿が（実物だろうが映像だろうが）骸骨に見えたときは互いに申告するようにした。これまでのところ片方だけが見えて、もう片方は見えないというケースは一度もなく、今夜もまた僕に見える米印中の首脳たちの骸骨は、カヤコにもはっきりとそう見えるようなのだった。

コーヒーを飲み終えて、僕はＴＶを切る。ちょうど午後七時半だった。自分とカヤコのカップをお盆に載せてキッチンに行き、カップを洗った。今朝割った九谷焼のカップのことを思い出す。いまカヤコが使ったカップは別のペアカップだったのだ。

僕はダイニングテーブルの前の椅子に座って、ソファのカヤコを見た。彼女は黒いテレビ画面にぼんやりとした視線を注いでいた。

「ねえ」

と声をかける。

「カヤちゃんは、僕たちの幻視がやっぱりＴｉｍｅｒのせいだって思っているの？」

気になっていたことを訊いてみる。カヤコのいのちが一年を切った頃から僕たちのあいだで余命の話は徐々に少なくなっていった。最近は「Ｔｉｍｅｒ」という語句が互いの口から出ることもほとんどない。

カヤコは一瞬、質問の意味がつかめないようなぽかんとした顔になる。

「カズマサさんは、どうして最初からＴｉｍｅｒと関係ないみたいにずっと思っているの？」

だが、口にしたのは、僕へのはっきりとした疑問だった。

「最初っていうか、幾ら調べてもそんな症状は出てこなかったから。それに僕まで幻視が見えるようになった点からして無関係ってことじゃない？」

「私はそうじゃない気がしてる」

カヤコが言った。予想通り、幻視の原因がＴｉｍｅｒであると彼女はずっと信じていたのだろう。

「でも、僕はＴｉｍｅｒを着けていないんだよ」

「そうだけど、でも、私とカズマサさんは一心同体だもん」

「一心同体？」

「私が死ぬっていうことは、カズマサさんが死ぬっていうのと同じだと思うんだよ」

ますますカヤコは分かりにくいことを言った。僕が不思議な顔をつくると、

「この世界にはもう、私とカズマサさんのふたりしかいないと私は感じているの。ここ数年、ずっとそんな感じ。それはきっとカズマサさんも同じだと思う」

カヤコは穏やかな瞳で僕を見る。

「そう思わない？」

僕は小さく頷き、

「お互いもうこんな歳だしね」

と返した。

「だとすると、私が死ぬのとカズマサさんが死ぬのは同じだと思うんだよ。世界に私たちしかいなければ、どちらかの消失は、相手にとっても同じ意味しか持たないでしょう」

「そうかな」

「うん」

カヤコは句点を打つようにくっきりと答え、

「私もカズマサさんもひとりぼっちになるんだよ。ひとりぼっちの世界はもう世界とは呼べないでしょう」

と言った。

「つまり、カヤちゃんが消えれば、僕も消えるっていうこと？」

「そう。だって、カズマサさんをほんとうに知っている人が誰もいなくなるんだもん」

カヤコの死は僕の死——だとすれば、たしかにカヤコの体内に埋め込まれたＴｉｍｅｒは彼女のいのちと同時に僕のいのちをも消去してしまう。Ｔｉｍｅｒが原因でカヤコに出現した幻視が僕に伝染したとしても矛盾はないというわけか……。

余命が一年となって、人間の姿がときどき骸骨に見えるようになる——というのは、この世界がふたりだけの世界ならば、いかにもありそうなことのような気もする。ただ、カヤコには僕がときどき骸骨に見えるようだが、僕はいまのところ彼女が骸骨に見えたことは一度もないのだった。

孤立型年金生活世帯

十一月に入って最初の月曜日。

カヤコは姪っ子のメイ（芽郁）に会うために東京へと出かけた。ＪＲ和鹿駅から東京駅までは電車でちょうど一時間。僕たちの住んでいる和鹿みどり台から和鹿駅へはライトレールで十五分ほどかかる。電車だけで往復二時間半。これは、僕の足腰には結構な負担なのだが、カヤコにとっては何でもないようだ。両親を失った後、八つ下の弟も早くに亡くした彼女にとって、その弟の一人娘であるメイは唯一の親族と呼んでいい存在だった。

帰宅したのは午後七時過ぎ。外は真っ暗だからライトレールの電停まで迎えに行った。半分ほど座席の埋まった明るい車両の降り口からカヤコが軽々としたステップで降りてくる。そういう身のこなしを目の当たりにすると、いまさらながらＴｉｍｅｒの効用の絶大さを思う。

Ｔｉｍｅｒは体力を求められる軍人、警察官、消防士などの職種から普及が始まったとされている。Ｌｉｆｅ－Ｔｉｍｅｒ法（通称ＬＴ法）による法定装着制度が始まって一世紀近くを経た現在、スポーツ選手や芸能人、それに政治家なども大半が装着していると言われていた。

むろん、個人的な事情でやむにやまれず装着したカヤコのような人たちも大勢いる。

Ｔｉｍｅｒの装着には年齢制限がある。ただ、これも国によってまちまちで、日本の場合は、成人年齢の十八歳から五十五歳までが装着可能期間だったが、アメリカやイギリスでは十五歳から六十歳まで。なかにはスイスのように年齢無制限の国もあった。

Ｔｉｍｅｒを装着したことで八十九歳までの寿命が保証される。

だが、だからといって装着すれば患っている病が治癒したり、身体が若返るというわけではない。装着時にすでに重い病や障害（がんや脳疾患の後遺症による麻痺《まひ》など）を抱えていれば、そのがんが治って延命できるわけではないし、麻痺が取れるわけでもない。ただ、健康な状態で装着すれば、それ以降にがんや心疾患、脳血管疾患を罹患《りかん》することはなくなり、事件、事故に巻き込まれない限りは八十九歳まで生きることができた。

また、これは装着者が増えてくることで事後的に証明されたのだったが、Ｔｉｍｅｒ装着者は、カヤコがそうであるように明らかに非装着者よりも健康で元気だった。見た目も若々しい。若返りはむずかしいとしても、装着時の若さを維持する効果は明らかに見受けられる。スポーツ選手や芸能人たちがそろって装着者になるのも、その効果をあてこんでのことなのである。

そういう意味で、日本の上限年齢五十五歳というのは無難な設定ともいえ、諸外国もおおかたそのあたりを上限としているようだった。

今夜の晩御飯はおでん。朝のうちにカヤコが仕込んでいったものだ。

十一月に入り、冷え込む日も出てきた。今日、明日はこの秋一番の寒さになるらしい。老夫婦ふたりだと秋の終わりから春の始まりくらいまでは、身体もあたたまり、野菜も豊富に摂れて、しかも安上がりな鍋料理が食事の中心になる。最近は何も仕事をしていない。数年前まではたまにエッセイの注文などが舞い込んでいたし、講師として大学に呼ばれて特別講義めいたものをやることもあったが、三、四年ほど前からはとんと声がかからなくなった。

とうとう社会的透明人間になってしまった、と自覚した。別段、かなしくも悔しくもなかったが、やはり虚しさはある。透明人間の虚しさというのも語義矛盾っぽくはあるけれど。カヤコの方も僕と一緒になってから再開したキルトの教室を八十歳のときに畳んで以降は何も仕事をしていない。社会的透明人間としては彼女の方が数年の先輩というわけだ。

いまや僕たちは完全な「孤立型年金生活世帯」だった。

Ｔｉｍｅｒ装着者の増加によって各国の健保や介護などの社会保障費は激減し、その分が年金に振り向けられた。中国、インド、アフリカの急激な人口増も収束し、百億を突破した地球人口が減少に転じて久しい。懸念された化石燃料の大量消費による地球温暖化も見事に解決した。ただ、一方で、年金以外の社会保障を受けずに済む大勢の人々の誕生は、医療や介護を通じてかろうじて社会とのつながりを保っていた多くの老齢世帯の孤立を生み、そうした「孤立型年金生活世帯」の人々による犯罪や暴動、大量自殺などがいまや社会問題化し始めている。

いつぞやの「この世界にはもう、私とカズマサさんのふたりしかいないと私は感じているの。ここ数年、ずっとそんな感じ」というカヤコの台詞は、そうした点で実にいい得て妙ではある。周囲の人々との精神的なつながりが加速度的に薄れ、いまや僕が心のよりどころとする相手はカヤコひとりだ。同時に、このいのちを保つためのさまざまな算段を共につける相手もまたカヤコだけで、それは彼女にとっても同じだった。精神的にも肉体的にも、もはやこの世界にほんとうに存在するのはお互いだけ。周囲に空と海しかない小さな島で通信手段も移動手段も奪われた形でこうしてふたりきりで生活していたとすれば、片方を失ったとき、残された片方にとって世界は空と海だけになる。それをもって「私が死ぬのとカズマサさんが死ぬのは同じ」と捉え、そこは、「もう世界とは呼べない」と言うカヤコの物言いは正鵠《せいこく》を射ている。

カヤコが死ぬとき、僕も死ぬのだ。

来年の五月十八日、僕たちは一緒に死ぬ。

「そうそう」

皿のなかの大根を箸《はし》で上手に切り分けながらカヤコが言う。僕の方は彼女がおみやげに買ってきたいなり寿司を頬張っていた。そのいなり寿司は銀座の老舗の名物で、もとからカヤコの好物であり僕も大好きだった。今日、カヤコとメイは銀座で落ち合い、買い物をたのしんできたようだった。お昼は最近人気の店でずいぶん並んでラーメンを食べてきたというから驚きだ。「だけど、外で行列して寒くなかった?」と訊ねると、「ぜんぜん。ずっと二人でお喋りしてたからあっと言う間だったよ」とカヤコは平気な顔をしている。暑さ寒さに関係なく、もうラーメン屋の行列に並ぶ元気は僕にはない。そう考えると、僕と一緒に生活することでカヤコは自分だけなら出来ることをいろいろ我慢しているのだろうと思う。

——こんなことならいっそ僕も……。

これまでも何度か思い浮かべたことをまた思い浮かべる。

僕がＴｉｍｅｒを着けなかったのは、カヤコを見送ってのち七年も生き続ける自信がなかったからだ。カヤコを失ったあとは一刻も早く死にたかった。彼女の死が与えるダメージを想像するだにきっとそうなるという確信もあった。だが、七つも年長の相手にここまで体力差をつけられるのであれば、お互いのために自らもＴｉｍｅｒ装着に踏み切るべきだった気がする。ましてここ数年の認知能力の衰えを思うと、選択を誤った自分自身が悔やまれて仕方がない。

カヤコは、味のしみた大根を美味しそうに口に運び、

「今日、メイからまた面白い話を聞いちゃった」

と笑みを浮かべる。

「また面白い話？」

その一語で、話の中身がどういうものか大体の予想がついた。

「外し屋」と「死なせ屋」

「そんなのデマに決まっているじゃないか」

メイちゃんから聞いたという話の一部始終を耳におさめて、僕は言った。

「どうして?」

例によってカヤコは不服そうな顔つきになり、

「彼女はメイの若い頃からの親友なんだよ。私も何度も名前は聞いたことがあるし。そんな親友がメイにデマなんて言わないと思う」

と反論してくる。

「だけど、そのメイちゃんの友達だって、本人と直接話ができたわけじゃないんだろう。他人の空似に違いないよ。デマというのは言い過ぎだとしても、彼女が単に勘違いしたって話だよ」

「だけど、名古屋の雑踏で見かけて、友達はしばらく尾行したんだよ。そして、向こうがカフェ(喫茶店)に入ったのを見届けて彼女も入った。店のなかでもしっかり品定めして、それからようやく席に近づいて声をかけたんだよ。見間違いなんてあり得ないと思う。しかも、向こうの女性は相手の顔を見た途端に真っ青になって、いきなり彼女を突き飛ばすような勢いで席を立つと、お勘定も済ませないで店を飛び出しちゃったんだから。どう考えても、人違いなんかじゃない。間違いなく本人だったんだよ」

「うーん」

カヤコはメイと会うとたまにこの種の話を仕入れてくる。もう何年も前からなのだが、Ｔｉｍｅｒ消滅までの時間が残り少なくなってきたここ一年は、彼女自身もなにやらメイの話に引き込まれがちになっている印象だった。

メイは現在四十五歳。先に紹介したようにカヤコの八つ下の弟、カンジ（寛治）の一人娘だった。仕事はファッションモデル。若い頃は、雑誌やＴＶで彼女の顔を見ない日はないくらいの売れっ子だった。カヤコと再婚したときにはすでにデビューしていて、セーラー服を着た彼女がスポーツドリンクを持って走る定番のＣＦで人気に火がついていた。ＴＶのなかのその子が再婚相手の姪っ子だと知ってすごく驚いたのを憶えている。そんなメイもデビューして三十年。いまもモデルとして活動しているが、むかしのように派手に露出することはなくなっていた。

メイがＴｉｍｅｒを装着したのは十五年前、三十歳のときだった。若さ維持に効果絶大なＴｉｍｅｒを着けるのは業界の常識だったので、彼女も二十代を終えたところで予定通りに装着者となったのだった。

だが、メイの場合はそこから先が普通とは異なった。若い時分にＴｉｍｅｒを着けた人は、八十九歳というはるか遠い未来に思いを馳せるなんてほとんどしない。三十歳で装着すれば、八十九歳まで六十年近くもある。いくらそこでいのちが尽きると分かっていても、そんな先の話でくよくよしろと言う方が無理な相談なのかもしれない。だが、メイはそうではなかった。

「八十九歳と言ったって、それまで風邪も引かずに元気に生きられるんだもん。いざタイム・イズ・アップとなったら、死刑執行に怯《おび》える囚人みたいにまともな神経じゃいられなくなるよ。私はそういうのは絶対に願い下げ」

彼女は最初からそう言い、

「だったら、メイちゃんはなんでTimerなんて装着したの?」

もとから反対派だったカヤコと僕が口をそろえて訊ねると、

「八十九歳までにはまだまだ時間があるでしょう。そのあいだに本物の外し屋を見つけ出して、Timerの消滅装置を解除して貰《もら》えばいいんだよ」

十五年前から、彼女はきっぱりとそう言っていたのである。

「外し屋」というのは、Timer制度が始まった直後から世界中に出回っている都市伝説のようなものだ。制度創設時の人類の平均寿命は六十歳程度。ただし、これは乳幼児死亡率の高い国々の数字も加えてのことで、日本や欧米などの平均寿命は八十歳前後（女性は十三《プラス》〜五歳）だった。Timerの設定年齢が八十九歳というのは、そういう点で妥当なものと考えられたのだ。だが、最初の装着者が誕生して数年もしないうちには、もう、そのTimerの時限設定を解除することができるという「外し屋」の存在が噂されるようになった。人間の欲望というのは限りがない。八十九歳までの健康寿命を約束された途端に、それをさらに超えて生きたいと願う者が出てきたとしても不思議ではなかった。

とりわけ「外し屋」が〝横行〟し始めたのは最初の装着者たちのリミットが近づいた三十年後くらいからだった。五十五歳（日本の場合）の上限ぎりぎりで装着した人々は三十四年後の誕生日前日に全員死亡する。いよいよそのときが目前に迫り、人々は藁《わら》にもすがる思いで「外し屋」たちに我が身を委ねたのだった。むろん、科学技術の粋を結集して製造されたＴｉｍｅｒの時限設定が素人に解除できるはずもなく、そんなうまい話に乗った人々は大金をむしり取られたあげくに手術中に死亡したり、かえって残りの時間を減らす羽目に陥って、全員が慙愧《ざんき》のうちに最期の時を迎えるしかなかったのだった。

それでも「外し屋」による詐欺行為はいまだに世界中で散発的に発生し、その手口も時を追うごとに巧妙化、悪質化している。

制度発足から三十四年が経過し、消滅事例が日々報告されるようになると、「外し屋」詐欺と並んでもう一つの憂慮すべき犯罪が多数報告されるようになる。死の影におののく装着者に忍び寄る「死なせ屋」――つまりは安楽死を持ちかけ、これまた大金をむしり取る詐欺師たちの出現である。「死なせ屋」による装着者の大量自殺は社会問題化し、各国政府は対応に追われることになった。

そこで、大量自殺を防止する目的で四十年ほど前に世界中に設置が始まったのが、チェンジングハウス（通称・死の家）と呼ばれる施設である。もともと政府機関が「死なせ屋」の登場に神経を尖《とが》らせたのは、装着者の安楽死それ自体を問題視したからではなかった。「外し屋」の数をはるかに上回る「死なせ屋」の暗躍によって、LT法で義務付けられた装着者の遺体回収が次第に滞るようになってきたからだ。

「外し屋」による無謀な手術でも、遺体の爆発事例は何件か報告されていたが、Timer消滅後の遺体の爆発頻度はそれをはるかに上回るものだった。というのも、Timerは消滅後、一定の割合で爆発を起こすことが試作段階で実証されており、その爆発を未然に防ぐため、LT法において所管官庁による遺体回収義務が付与されていたのである。

装着時に登録された個人のIDは厳密に管理され、Timer消滅の日は、装着者が死亡した直後に回収業者がその遺体を速やかに運び出すと法的に定められていた。ところが、「死なせ屋」がはびこることで、密かに安楽死を遂げた装着者の相当数の遺体が未回収の状態に陥り、そうした未回収遺体の一部で起きる爆発事故で親族や葬祭業者、遺体埋葬の場合には霊園作業員や墓参客などが大怪我をしたり、なかには死亡したりする事例が頻発したのだ。

チェンジングハウスの設置も、遺体の爆発を防止することが一番の目的だった。同時に、チェンジングハウスでの快適な死を装着者に保証することで、「死なせ屋」の跳梁跋扈《ちょうりょうばっこ》を抑止する目論見もあった。実際、チェンジングハウスの普及によって急速に「死なせ屋」ビジネスは衰退し、いまでは装着者の自殺問題はすっかり過去のものとなっている。

昨今は、大半の装着者がチェンジングハウスでのＴｉｍｅｒ消滅を受け入れている。まだカヤコとは来年五月十八日の具体的な話をしたことはないが、彼女もハウスでの最期をおそらくは想定しているのだろう。

「死の家」とも呼ばれるチェンジングハウスのマイナスイメージを払拭《ふっしょく》する決定打となったのは、三十年前の元アメリカ大統領、ジェシカ・クルーガーのハウスでの〝死の瞬間〟の世界同時配信だった（もちろん、当時からフェイク映像だという陰謀論は存在する）。

ジェシカ・クルーガーは現職大統領時代、欧米や日本、中国、韓国、インドなどにおけるＬＴ法制定推進の旗を振った立役者で、彼女自身も装着者だった。一部ではいまも「Ｔｉｍｅｒの守護神」とか「ＬＴの女神」と尊崇される人物である。

そのジェシカがハウスの一室（一流ホテルの豪華なスイートルームを想像してほしい）で、リクライニングチェアに横たわり、親族やホワイトハウスの面々（むろん現職大統領も参加）に囲まれ、終始笑みを絶やさないまま静かに息を引き取る様子がＶＲで生配信され、これを視聴した世界中の人々は、Ｔｉｍｅｒ消滅による死がかねて噂されていたような悲惨なものと対極にあることを理解したのだった。それまでは、心臓付近に埋め込まれたＴｉｍｅｒが破裂して壮絶な痛みに襲われるだの、体内の血液が一瞬で沸騰し、臓器は溶解、肉体は巨大な血液の袋と化すなどといった恐ろしい気な話がまことしやかに流布していたのだった。

そうした流言飛語が生まれるのは、装着者の死亡直後、政府職員が有無を言わさずに遺体を回収してしまうからでもあった。ジェシカの中継映像では、遺体回収があくまで爆発事故防止のためであること、亡くなった装着者の死体がていねいに処理されることなども、生前のジェシカの説得力のある語りによって解説されていたのである。

不老不死の噂

メイの親友が名古屋の街中で偶然見かけたのは、もう十年も前に死んだはずの恩師の女性だった。親友は十代前半の頃、その恩師が教える著名なダンス教室に通っていて、ことに筋の良かった彼女は目をかけられ、二年ものあいだ恩師の自宅に寄宿してダンスの訓練を受けたのだそうだ。結局、親友はダンサーの道を捨てて、メイと同じ時期からファッションモデルとして活躍するようになったのだが、それでも恩師との絆が途切れることはなく、恩師のＴｉｍｅｒが消滅する最後の年まで交流を続けていたのだという。

「ただ、恩師だった女性は晩年、若い頃にダンスを学んだニューヨークで暮らしていて、最期もニューヨークのハウスだったんだって。だから、彼女が、その死に立ち会うことはかなわなくて、親族から安らかに旅立ちましたって連絡を受けただけみたい」

そして、訃報から十年あまりが過ぎた先月の末、たまたま仕事で足を運んだ名古屋の雑踏で、親友は、死んだはずの恩師を発見したのだった。

「生きてるはずのない人だし、生きていればもう百歳になるのに、先生はむかしとちっとも変わっていなくて一目見て本人だって分かったそうよ」

「じゃあ、そのダンスの先生はＴｉｍｅｒの時限設定を解除できたのみならず、いまもＴｉｍｅｒの恩恵を享受しているってこと？」

「そうみたい」

カヤコは大きく頷く。

「もとから、Ｔｉｍｅｒは消滅しなければ不老不死を約束するって噂があるでしょう。不老不死は大袈裟としても、そのまま装着していれば二百年とか三百年とか生きられるのかもしれないよ」

「うーん」

僕はつい腕組みしてしまう。

「やっぱりそういうのはあり得ないよ。そもそも、十年も前にニューヨークで亡くなった人が日本にいるっていうのがヘンだ。仮に万が一、彼女が生きていたとしても、広いアメリカを逃げ回る以外に手はないはずだよ。装着者が八十九歳を超えて生きるのは許されないし、当局が遺体を回収できない場合は徹底的な捜査が行なわれる。親族だってただじゃすまない。まして、彼女が日本に帰国するなんて到底不可能だと思う」

「実はその前に帰国していたんじゃない？」

「その前に帰国？」

カヤコが今度は小さく頷いた。

「ニューヨークのハウスで亡くなったっていうのが嘘だったのかもしれないよ。彼女はとっくに日本に帰ってきていて、そこで外し屋に設定を解除してもらったのかも？」

「だけど、そうだったとしても日本でお尋ね者になるだけの話じゃない。ていうか、今度はこっちの当局に追い回されるし、彼女が行方不明になったという噂はあっと言う間に関係者のあいだで広まるに決まっているよ」

「でも、外し屋に頼めば、それくらいのカモフラージュはしてくれるんじゃない。ただ設定を外すだけじゃ意味がないことはクライアントだって外し屋の方だって充分に了解済みのはずだもの」

「うーん」

僕は首を傾《かし》げる。もとから本物の「外し屋」なんて存在するわけがないのだ。

「そんなことを言い出したら、この世界には、別人になりすまして生き続けている装着者が山のようにいるってことになるよ。でも、そんな現実はどこにもないと僕は思うけどね」

「山のようにいるとは私も思わないけど、でも、広い世界のどこかには八十九歳を超えて生きつづけている装着者が何人かはいるのかも」

「じゃあ、そのダンスの先生はその一人だってこと?」

「そうよ」

カヤコが今度は力強く頷く。

「それにさ……」

彼女が言葉を添えてきた。僕はその顔をじっと見る。

「名古屋だというのが、ちょっと引っかかるでしょう?」

「名古屋?」

「そう。名古屋は豊臣市のすぐ隣だもの」

カヤコの瞳がきらきらと輝いている。

愛知県豊臣市——あのミラクル・ベイブが出現した町だった。

同化

僕の記憶が不確かでなければ、もう三十年近く一緒に暮らしているカヤコがTimer消滅について思い悩んだり、装着を後悔している姿を見たことはいままで一度もない。やむにやまれぬ事情でTimerを着け、しかも、そのやむにやまれぬ事情がほんの数年で図らずも解消してしまったにもかかわらず、彼女は、自らの選択を黙々と受け入れているふうだった。

もとから病弱な体質だったというのもあるようだ。実母は心臓が弱く、娘が大学生のときに心臓病で亡くなっている。カヤコがTimerを装着したのは、五十二歳のときだったが、

「これ以上、長生きするんだとすればTimerに頼った方がいいのは明らかだった。さいわい私の心臓に異常はまだ見られなかったし、いまがラストチャンスだって気がした」

と言っていた。

両親ともに還暦前に亡くなっており、父方、母方もどちらかといえば短命の血筋だったようだ。「周りに九十歳まで生きた人なんていなかったと思う」というから、八十九までの寿命を保証してくれるTimerは彼女にとっては福音に近いものだった。ただ、たとえそうでも、ひとり息子のヒビキ（響）君のことがなければ装着はしなかっただろうと言っていた。

「ヒビキのいない人生なんてなかったわけだけど、でも、あえて彼を産んでいない人生があったとすれば私はきっとTimerは着けなかった。自分のいのちを自分以外の何かに左右されるのは誰だって嫌でしょう。装着してしまうと、私に関しては、おそらく本来より長生きはできるけど、逆に死にたくなったとき、運命ではなくて自殺に頼るしかなくなってしまうから」

当時のカヤコにはヒビキ君を看取ったあとの人生は想像できないものだった。彼を早くに失った

場合、その後の長い人生を強制するTimerは不本意なものだったのだ。だが、一方で、すべてにおいて介護の必要がある愛息を残して早々に逝くことだけは避けねばならず、カヤコはヒビキ君との生活を優先するために装着を決断したのだった。

夫のフクミツ（福光）さんを突然の病で失ったのも大きかった。フクミツさんは、毎年欠かさなかった定期健診でいきなり末期の胃がんの診断を受け、治療の算段をつける間もなく、わずか二ヵ月でこの世を去ったのだ。

「余命半年って言われて唖然とするしかなかった。しかも、半年どころか告知を受けた翌々月には彼は死んでしまった。信じられないような出来事だった。もともと私たちは同い年だったから、ヒビキのためにそろそろどちらかが装着の決断をした方がいいよね、ってよく相談していたの。平均寿命を考慮すれば彼だったけど、母の心臓病を思えば私かもしれなくて、どうせだったら一緒に着けてしまおうかって話したこともあった。私たちが八十九歳のときヒビキは六十三歳になる計算だったけど、彼の状態からしてその歳まで生きるのはかなり難しいというのは理解していたから」

そんな折にフクミツさんは末期がんとなり、またたく間に死んでしまった。いきなりひとり親になったカヤコはTimerに希望を託すしかなくなり、夫を見送って半年が過ぎた三十七年前の五月十九日、装着手術を受けたのである。

ヒビキ君が亡くなったのはそれから三年後、彼が三十歳になる年の冬だった。風邪をこじらせての肺炎であっけなくこの世を去ってしまう。生まれたときから重度の障害を抱え、一度も歩くことも喋ることもできなかったヒビキ君は、それでも最期のとき、カヤコに向かってくっきりとした笑みを浮かべ、感謝の気持ちを精一杯にあらわして息を引き取ったのだそうだ。

両親も弟も、そして夫と最愛の息子までも奪われて、カヤコは五十五歳にして天涯孤独の身となった。さいわい生活の心配はさほどなかった。父が蓄えていた財産も多少あったし、青山で画廊を営んでいたフクミツさんの残したものもあった。何よりカヤコはかなり名の知れたキルト作家だった。彼女は十代の初めからキルト作りに目覚め、大学に入った頃には人気作家として教本を出版するほどの腕前に達していた。フクミツさんとも、彼の父が営む画廊で作品展を開いたのがきっかけで知り合ったのだ。

大学卒業後は自前の教室を持って生徒たちに教えていたが、ヒビキ君が生まれるとすぐにその教室は畳んで育児に専念した。ただ、作家としての製作はずっと続けていて、二年がかり三年がかりの大作になると数百万円の価格で取り引きされることもあったようだ。それほどの技量の持ち主だったので、独り身となっても自らの口を養うくらいはどうにかできたのだ。

息子の介護を続けるためにTimerを着け、わずか三年で肝腎の目的を失ってしまい、カヤコはその皮肉な成り行きに人生の不思議さを痛感したという。

「仮にヒビキにTimerを装着していればどうだったんだろうって思った。それがどうして私だったんだろうって……。しばらくはそのことばかり考えて、頭の中を得たいの知れない渦がぐるぐる回っている感じだった」

むろんヒビキ君のような重度障害者がＴｉｍｅｒを使うことには議論がある。まして、本人の意志確認ができないヒビキ君のようなケースでは、親が成り代わってＴｉｍｅｒ装着を申請する例はほとんどないし、審査も厳格を極めると考えられる。

だが、たしかにカヤコがヒビキ君を失ってそんなふうに思い惑ったのは無理もないことではあろう。

Ｔｉｍｅｒを着けると決めたとき、カヤコは、あくまで息子を長生きさせるために長生きしたいと思った。重い障害を抱えたヒビキ君は、成長を止めた赤ん坊同然だったから、それはさながら自分の胎内にふたたび彼を連れ戻すような感覚であったはずだ。彼女はそうやって自分の人生とヒビキ君の人生とを同化させようとしたのである。

だが、その自らの分身であるはずのヒビキ君は彼女の願いもむなしく早々にこの世界から退場してしまった。そしてあとに残ったのは、意味の見出せない長々とした人生だけだったのだ。彼女はたとえ分身のような我が子であっても、自分とは別の存在であり、決して同化などできない〝自分以外〟であることを思い知ったに違いない。

しかし同時に、それでもなお彼女はこう思ったのだ。

万が一、三年前に戻れても、自分は息子にＴｉｍｅｒを着けさせはしなかっただろうと。

たとえふたり一緒に装着したとしても、自分の死後、二十六年にわたって我が子は他人の介護を受けねばならない——それはカヤコにとって耐え難い想像だったに違いない。そして、そうした母としてのエゴが、結果的には息子を我が手から奪い去ったことにも彼女は十二分に気づいていたと思われる。

〝外し屋捜し〟

残りのおでんを保存容器に入れて冷蔵庫にしまうと、お茶の準備をしてダイニングテーブルの方へと戻る。今夜のデザートはカヤコの好物のアップルケーキだ。アップルケーキはメイからのお持たせで、彼女が住んでいる三田《みた》の人気洋菓子店の名物なのだそうだ。

自分の席に座って、ティーポットからそれぞれのカップに紅茶を注ぐ。そのあいだに向かいの席のカヤコがケーキの包みを開けて、小さな丸いケーキにナイフを入れる。四等分して一切れずつを二枚の皿に取り分け、紅茶のカップを差し出すと、交換のように僕の分のケーキを目の前に置いてくれた。

紅茶を一口すすってから、アップルケーキにフォークをさす。一口食べると口の中にりんごの甘みと酸味が広がる。とてもおいしい。

カヤコの方は最初から大きく切って、それを口の中に放り込んでいる。もぐもぐとやりながら、にんまりと笑顔を向けた。生のりんごは苦手なのにパイやケーキにすると大好物というのが、実は、僕と同じだった。三十年前に、とある読書会で知り合ったとき、そんなふうに彼女と一致するところがたくさんあって、まるでヒロコの再来のようだと感じた。ヒロコを亡くしてカヤコと出会うまでの二十四年間、僕は誰とも付き合わなかった。

ヒロコが死んだのは僕が二十七歳のときだ。彼女は一つ下の二十六歳。僕たちは高校時代に知り合い、ヒロコが大学に入ってすぐに結婚した。ヒロコを失って三年目、命日の墓参の帰りに駅の近くで拾った薄茶色の子猫がうーちゃんだった。最初は「うすちゃ、うすちゃ」と呼んでいたのがそのうち「うーちゃん」になった。それからの二十年、僕はうーちゃんとふたりで暮らした。うーちゃんは人生の道連れであり唯一の相棒だった。彼は、我が子であり親友であり、兄弟でもあった。うーちゃんを見送ったとき、僕は五十歳になっていた。

カヤコと出会ったのは、ちょうど一年後。うーちゃんの初めての命日の翌日のことだった。

ケーキを食べ終えると、カヤコが席を立って後片づけをしてくれる。僕は二杯目の紅茶をゆっくりと飲みながら、彼女がキッチンから戻ってくるのを待った。

「ねえ、カヤちゃん」

ふたたびダイニングテーブルを挟んで正面に座った彼女に話しかけた。

「カヤちゃんは、ほんとうはどうしたいの？」

「どうしたいって?」

カヤコが面白そうな顔になって問い返してきた。まるで、僕のこういう質問をずっと待ちもうけていたみたいだ。

「だから、最近、メイちゃんの〝外し屋捜し〟にずいぶん興味を持っているみたいでしょう。それだけじゃなくて、この前はアサヌマ(浅沼)さんにも、本気で励ますような言い方をしていたじゃない?」

アサヌマさんというのは、ここのマンションの二十四階に住んでいる一人暮らしの女性で、彼女も装着者だった。年齢はカヤコより三つ下の八十六歳なのだが、ちょっと込み入った事情を抱えていて、「どうしてもあと五、六年は生きたい」といつもこぼしているのだ。カヤコはマンションの管理組合の役員をしていた数年前に、同じ役員として入ってきたアサヌマさんと親しくなり、二年の任期を終えたあとも付き合いをつづけているのだった。

アサヌマさんは元は税理士で、一度、同じ税理士の男性と結婚したが数年で離婚し、それからはずっと独身のようだ。管理組合でもカヤコと組んで会計の仕事を割り振られ、数字にはからきしのカヤコはすべて丸投げだったのだが、万事、あけっぴろげでからりとした性格の彼女は、そんな相方を疎んずるでもなくせっせとカヤコの分まで役目を果たしていた。それどころか、いまやキルト作家の大御所的存在であるカヤコに対しては、知りあった当座から一目も二目も置いている風情で、そこは、親しくなった現在も変わらない。要するにとても心根の素直な人なのだ。僕もアサヌマさんのことは好きだった。

そのアサヌマさんと先週、マンション近くの行きつけの喫茶店で三人でお茶をしたとき、例によって「もっと長生きしたい」とぼやく彼女に、

「コイコさんはまだまだ時間があるんだし、そのあいだに本物の外し屋を見つけちゃえばいいんだよ。うちの姪っ子なんてTｉｍｅｒを着けて以来、本気で〝外し屋捜し〟をやっているんだけど、本物の外し屋は絶対存在するし、しかも、この日本にいるはずだって固く信じているんだよ」

とカヤコは言っていたのだ。

これまでも「大丈夫だよ。きっと何とかなるよ」と気安めめいた言葉はたまに口にしていたが、カヤコがメイの存在まで明かしてそんなにはっきりとした物言いをしたのは初めてだった。ちなみにアサヌマさんの下の名前は「鯉子」という。

「もしかしてなんだけど、カヤちゃんもメイちゃんと一緒になって外し屋を見つけようとか考えているわけ?」

僕は率直に訊ねる。こういう質問をするとTｉｍｅｒ消滅まで一年を切ったカヤコのこころをかき乱すような気がして控えてきたのだ。

「見つけようと思ってるわけじゃないけど、もしかしたら見つかるかもって……」

カヤコが奇妙な言い方をした。

「どういうこと?　メイちゃんが何か有力な手がかりでも見つけたの?」

「そういうわけじゃないんだけど、メイの話を聞いているうちに最近、そんな気がしてきたんだよね。ほんとうに外し屋っているのかもしれないって。で、ほんとうに存在するんだったら見つけられない話でもないような気がするの」

「だけど……」

どうしてカヤコがいきなりそんなことを言い出したのか、僕には意味不明だ。たしかにメイちゃんが〝外し屋捜し〟にはまっているというのは聞いてきたし、長年その手の話に付き合ってきたカヤコがここのところ余計に興味を持っている印象はあった。

だが、だからと言って彼女が「外し屋」の実在を本気で信じているなんて思ってもみなかった。いままで、彼女は僕と同様にそんな荒唐無稽な、そして馬鹿げた詐欺話にはあくまで距離を置いてきたはずなのだ。

一体どういう心境の変化なのだろう？　三十年の付き合いで彼女が軽はずみに自身の判断や考えを変える人でないのは重々承知している。まして、何か決定的な根拠もなしに「外し屋」などという古めかしい都市伝説を真に受けるはずもない。

「メイちゃんに感化されたってこと？」

僕は言う。

「それもある。でも、それだけじゃないかも」

「それだけじゃないって、他に何かあるの？」

さらに訊ねると、カヤコはテーブルに置いていた右手を持ち上げ、手のひらをそっと自分の心臓のあたりに当てた。

「人がたまに骸骨に見えるようになったのと時期が重なってるんだけど、ちょうど同じ頃から、ここに埋められたＴｉｍｅｒが何かを教えてくれている気がして仕方がないんだよ」

カヤコが言う。

新しい領域のエネルギー

和鹿市という風変わりな地名の由来は、遠いむかしに遡る。

いまから千数百年前、弘法大師・空海がこの地を通りかかったとき、目の前に鹿の群れがあらわれ、大師を取り囲むように輪になって歓迎の踊りを披露したというのだ。その故事から「輪鹿」と呼ばれるようになった土地が、やがて「和鹿」と称されるようになり、明治を迎えて正式に「和鹿市」となった。

和鹿市には日米戦争時代、陸、海軍の高等技術研究所が作られ、ロケット兵器やジェット戦闘機、電波兵器、高性能魚雷や新型機雷といった最先端の軍事技術の研究が日夜、行なわれていたという。そうした歴史が脈々と受け継がれたのか、現在も、東都大学や国立科学技術大学などの先端科学研究所が「県立和鹿公園」に隣接して設置され、和鹿公園と変わらぬほどの広大な敷地のなかに数多くの研究棟が建ち並んでいるのだった。実際、公園の西門を出れば、二車線の道路を挟んですぐ目の前に東都大の先端研の正門があって、門の向こうにはおおかた四、五階建ての建物がずらりと並び、そのあいだの通路を多くの学生や研究者たちが行き交っているのが見える。

長年、大学で教えてきた僕にとっては、そうした学園風景は肌身にすっかり馴染んだものだったが、和鹿市に転居してきてからは一度も研究所の敷地内に足を踏み入れたことはなかった。

僕は一研究者としてはそこそこ、可もなし不可もなしといった平凡な人生しか送れなかった。大学教員としてさいわい食いっぱぐれずに済んだのは、専門の哲学（アルトゥール・ショーペンハウアーの研究者だった）のおかげではなく、得意だった独語と仏語のおかげだった。

多くの学生たちにとっての僕はあくまで一般教養課程における独語や仏語の教員だったし、それゆえに七十歳になるまで多くの大学で働くことができたのだった。自分の哲学講座を持つことを許されたのは都内のとある私立大学に勤務した七年間と金沢の大学で教えた二年弱に過ぎない。僕はそもそも教えることがさほど好きだったわけではない。学生たちと交わるのも得意ではなかった。それでも大学教員の職に必死でしがみついたのは、やはりヒロコを失った痛手の大きさゆえだったのだと思う。少なくともカヤコと出会うまでの四半世紀近くは、きっとそうだった。

唯一、僕に取り柄があったとするなら、ちょっとした文章が書けたことだ。

他愛ない身辺雑記に多少の教養（主に哲学的なもの）をまぶして綴る僕のエッセイは、どういうわけだか世間に受けがよかった。三十代半ばの頃に小さな版元から出した随筆集が思わぬ評価を受け、毎年そのジャンルに贈られる大きな賞を得て、それをきっかけに幾つかの媒体から連載の依頼が持ち込まれた。順繰りにこなしているうちに一冊ずつにまとまり、以降は途切れることなく注文がくるようになった。

いっぱしのエッセイストになったのだ。

語学教員の口にあぶれなくて済んだ理由の過半は、僕がそこそこメディアに名の売れた教師だったからだと思う。カヤコと出会った頃はまだ人気もあって、彼女も最初は僕と知遇を得たことに少なからず感激の態だった。

だが、いまにして振り返れば、それなりにネタ探しに努め、知恵を絞り、工夫もしながらせっせと書いたあの膨大な量のエッセイ原稿とは一体何だったのか？——自問するとむなしさばかりが胸にこみ上げてくる。こうやって思い出そうとしても、その一節、一行すら思い出せはしない。小学生時代の夏休みの絵日記よりも稚拙で、くだらなくて、現在の自分には何の感興も呼び起こさない代物であることだけはたしかだ。

それはそうだろう。いろいろと頭をひねって我が想念の何事かを文字に書き起こすこと——その行為自体が八十二歳になった僕にとっては無意味なこと、やってもやらなくてもいいようなこと、ただの時間つぶし、つまりはこの人生のほとんどすべてを表象する無為でしかないのだから。

現在の部屋には自著は一冊もない。ここに転居してくるときに全部捨ててきた。自著のみならず相当な数にのぼった蔵書も九割方は処分してしまった。日に日に弱っていく視力と認知能力では、もはや読書は苦行に等しい。おまけに、もう自分には物事を知りたいという欲求がほとんどなくなっている。そもそも、こんな歳になっては知りたいことや知るべきことがあるはずもないのだ。

メイちゃんがくれたアップルケーキを食べた日からちょうど一週間後、僕たちはこれまで一歩も足を踏み入れたことのない和鹿公園となりの「東都大学先端科学研究センター」を訪ねたのだった。もちろん訪問の理由がちゃんとあった。そうでなければ、こんな場所に足を運ぶことはなかっただろう。研究棟に用事があったわけではない。研究棟や実験棟がずらりと並ぶエリアを通り過ぎ、敷地の一番奥まった場所に設けられている研究者用住宅が目当てだった。そこで暮らしているとある人物に会いに行くのが目的だったのだ。

訪問相手はクレイシニレ（久連石仁礼）、旧姓、サカモトニレ（坂元仁礼）。かつての僕の教え子だった。

教え子といっても、もう三十年近くも前の話だ。あれはカヤコと付き合い始めたくらいの時期だったか。当時の僕は港区にある大学でドイツ語を教えていた。ニレはその大学のドイツ文学科の学生で、僕のドイツ語の授業に出ていたのだ。当たり前だが、最初は、一教師と一学生でしかなかった。それがあるきっかけで親しくなった。僕の授業が始まって二年目の十二月、南麻布のドイツ大使館で開かれたクリスマスパーティーに参加したところ、そこで彼女に不意に声をかけられたのだ。

大使館のクリスマスパーティーには毎年顔を出していた。ベルリン留学中に仲良くなったドイツ人がたまたま日本大使館に着任し、その縁でパーティーに誘われるようになって十年近くが経っていた。むろん友人はとっくに離日していたが、他の大使館の面々とも親しくなり、いつの間にか常連になっていた。彼女の方は、知人のつてをたどってその年、ようやく出席できたようだった。僕たちは授業以外で初めて会話をした。

実は、僕の方も彼女に対して関心を持っていた。というのも、その一カ月ほど前に教員仲間のひとりから、

「ミタムラ（三田村）先生の授業に出ているサカモトニレって子がいるでしょう。彼女、例のサカモトフキオ（坂元不帰男）博士の曽孫《ひまご》だって噂があるらしいんですよ」

と聞かされていたのだ。

サカモトフキオ博士は、Ｔｉｍｅｒに充塡《じゅうてん》されている「新しい領域のエネルギー」を発見した世界的な物理学者だった。と同時に、博士はＴｉｍｅｒ開発を主導した社会運動家としての名声も兼ね備えていた。それだけでなく、Ｔｉｍｅｒ制度が始まった直後、謎の失踪を遂げたことでも有名だった。

百年ほど前に起きたこの失踪事件は未解決のままで、サカモト博士の行方はいまだ杳《よう》として知れない。

その後、各国で発生した「外し屋」詐欺では、サカモト博士を名乗る犯人がしばしば登場し、そうした現象は現在もつづいていた。生きていれば百五十歳近くになっている計算なのだが、何しろTimerの開発者であり、そのエネルギー源となった「新しい領域のエネルギー」の発見者でもある博士は、「不死の人」や、「外し屋の大ボス」に擬せられるにはもってこいの人物でもあるのだ。

自分の授業の生徒のひとりがそのサカモト博士の曾孫らしいと耳にして、僕ががぜん興味を覚えてしまったのは、当然と言えば当然ではあった。

大使館での夜、ニレにたしかめると、彼女がサカモト博士の孫娘の子だというのは事実だった。博士には娘がひとりいて、その娘のこれまたひとり娘が産んだ子がニレだった。ニレもまたひとり娘なので、要するにサカモト博士の血を引く唯一の直系がニレだったのだ。

博士が失踪したのはニレが生まれる半世紀も前の出来事だから、むろん彼女に博士の記憶はない。ただ、ニレの母親（博士の孫娘）は実母（博士の娘、ニレの祖母）から祖父のことは幾らか聞かされていたようだ。博士が失踪したのは、ニレの祖母が中学生の頃だったという。

「おばあちゃんから、博士のことを直接聞いたことはないの？」

僕が訊ねると、

「おばあちゃんは、ひいおじいちゃんの話はほとんどしませんでしたね。母にも父親のことはあまり話していないみたいでした」

とニレは言った。

「そうなんだ……。でも、サカモト家の人たちが、あんなに偉大な博士の話をあまりしないっていうのも不思議だなあ」

僕が首を傾げてみせると、

「ほんとうに変わった人で、家族や家庭を大事にする人とは正反対だったみたいです。きっと天才だったんでしょうから、まあ、そんなものかもしれないですけれど」

まるで他人事《ひとごと》のような口調でニレは言い、

「すみません。ご期待に添えなくて。こんなだからできるだけ曽祖父のことは他人に話さないようにしているんです」

と付け加えた。

「で、そのおばあちゃんはご存命なの？」

それでも僕は質問を重ねた。ニレは「はい」と頷き、ふと思い出したようにこう言った。

「祖母の夫、つまり私の母の父親は博士のお弟子さんの一人だったので、その人が生きていればもっと曽祖父のことを聞けたんですけど、彼も、ある日、突然いなくなってしまったんです」

「突然、いなくなった？」

僕は思わず問い返す。

「はい。祖父も、まだ母が小さかった頃に失踪してしまったんです」

「なに、それ？」

「そういうのもあって、祖母も母も曽祖父や祖父の話はあんまりしたがらないんだと思います」

ニレはすました顔で言う。

むろん、サカモト博士と彼の娘の連れ合いが同時に失踪してしまったわけではない。何しろ、博士が失踪したのは娘（ニレの祖母）がまだ中学生のときだったのだ。その娘が長じて、博士の弟子にあたる研究者と結婚して生まれたのがニレの母親で、この母親が幼い時分に、博士の弟子だった父親（ニレの祖父）もまた行方不明になってしまったのだった。

「じゃあ、サカモト家は博士が失踪して、次はお婿さんが失踪してしまったってわけだ」

「はい。そして、うちの父親も私が生まれてすぐに出て行ってしまったんです。父の場合は、別に失踪したってわけじゃないんですけどね」

ニレはいささか冗談めいた口調で言い、こちらの方が戸惑っていると、

「だけど、祖父の場合は、きっと曽祖父が迎えに来たに違いないって祖母は言っているんです」

もっと驚くようなことを口にした。

「サカモト博士が迎えに来た？」

「まあ、そうは言っても、祖母の直感に過ぎないんですけどね」

これもまたニレはすました顔つきで言ったのである。

カヤコの存念

「あのね、私はもう自分のことにしか関心がないの。というより、ずっとタチバナカヤコ（カヤコの旧姓は橘）という人間を観察してきた者として、そのいのちが一体どうなるのか、それが知りたい。ヒビキやフクミツさんが一体どうなったのか？　どこへ行ったのか、行かなかったのか？　それが知りたいの。あなただってそうでしょう？　来年の五月十八日、私の身体のなかのＴｉｍｅｒが消滅して、私が一体どうなるのか？　どこへ行くのか、行かないのか、知りたいでしょう？　そして、ヒロコさんやうーちゃんが死んでどうなったのかが知りたいでしょう。私はね、もうそれだけが知りたい。Ｔｉｍｅｒが消滅したとき、肉体とともにこの自分という意識も真っ暗になるのか、それともその暗闇の向こうに一筋の光を見つけられるのか、それが知りたい。そのためには、そもそもこのＴｉｍｅｒというものを作った人、この不思議な機械（本当にこれが機械なのかどうかも分からないけど……）がどうやってできているかを知っている人に会って、その秘密を聞き出してみたい」

あのアップルケーキを食べた晩、カヤコにこんなふうに言われて、僕は彼女の言うとおりだと感じた。いま僕が知りたいのはたしかに僕自身についてだった。僕という人間は一体誰で、これからどうなるのか——それが知りたい。先に死んだヒロコやうーちゃんがいまどうしているのかも僕は知りたかった。もう他に知りたいことなんて何もなかった。

「神だとか宗教だとかを私たちはずっと馬鹿にして生きてきたけど、そういうものをこころのなかから完全に追い払えないでいるのは、こうして歳を取って、何もすることがなくなって、何も知りたいことがなくなったとしても、自分が誰で、どこから来てどこへ行くのかだけは、どうしても知りたいんだって気づいてしまうからだよ。その興味だけは唯一、捨てきれないんだよ。ということはね、私たちは、自分のことを私とか僕とか思った瞬間から、その『私』や『僕』が知りたい動物になってしまったんだよ。人間っていうのは知りたい動物なんだよ。そこが他の動物とひとつだけ違うところなんだと思う。この胸のなかのＴｉｍｅｒが、ずっと言っているの。知りたい、知りたい、何が何でも知りたいって。それに最近になって私はやっと気づいた。こんなおばあさんになって、ようやく、その声を聞き分けることができるようになったんだよ」

カヤコはそう言ったのだ。

ドイツ大使館でニレと知り合って二年後、僕は彼女がドイツ留学をするにあたって小さな世話をした。ゲッティンゲン大学を希望しているというので、ベルリン留学時代に親交のあった学者がたまたまゲッティンゲンで教えているのを思い出し、彼あてに紹介状を書いてやったのだ。それも功を奏して彼女は無事にドイツに旅立った。

結局、彼女との付き合いはそこでおしまいになった。

僕の方はカヤコと再婚し、大学も移った。公私ともにばたばたしているうちにニレとのメールのやり取りも間遠になり、やがてすっかり連絡は途絶えてしまった。一体、彼女が何年間で留学を終えて日本に戻ってきたのかも僕は知らないままだった。そうやって実に三十年近くの歳月が流れ去ったのである。だが、あの〝アップルケーキの晩〟、カヤコの存念を聞いて、僕は、カヤコと一緒に「外し屋」を捜してみようと思った。

「それだったら、やっぱり一番の手がかりはサカモト博士だと思う。サカモト博士が外し屋の元締めだっていう噂は根強くあるし、メイもそんなことを言っていた。そもそもＴｉｍｅｒを開発した博士が失踪して、いまだに遺体も見つからなければ、失踪の理由も不明だっていうのは明らかに奇妙でしょう。博士がなぜ失踪したのか、彼は一体どこに行ったのか、亡くなったとしてもそれまで何をしていたのか、そういうことを私たち自身の手で追いかけてみたらいいんじゃないかしら?」

カヤコはそう言い、

「カズマサさん、むかし、博士の曽孫さんと知り合いだったよね」

彼女の方からニレの存在を持ち出してきたのだ。

「うん。サカモトニレって女の子だよ。といっても、いまじゃもう、彼女もとっくに五十を過ぎているだろうけど」

「まずはそのサカモトニレさんを見つけ出しましょうよ。当時からずいぶん長い年月が過ぎているし、博士について何か新しい情報を手に入れているかもしれないでしょう。何しろ、彼女は唯一と言っていい博士の直系の子孫なわけだから」

「それはいいアイデアかもしれない。さっそく、彼女がいまどこにいて何をしているのか当たってみるよ」

僕はカヤコに請け合ったのだった。

翌日からニレの所在を摑むために、ありったけの知り合いに情報提供を求めた。ゲッティンゲン大学にまで留学した彼女のことだから、帰国後もドイツやドイツ語と関わりのある仕事を選んだのは想像に難くない。であるならば、僕のドイツ人脈に片っ端から当たれば、彼女のその後の消息を知るのはそれほど困難ではないと踏んだのだった。

一週間ほどのうちに何人かの知人からニレの情報が寄せられ、そのうち一件のメールには彼女の現住所と電話番号がしっかりと記されていた。

その住所を一目見て、僕の全身にうっすらと鳥肌が立った。彼女はクレイシニレと苗字を変えて、細胞工学者の夫が勤務する研究所内の住宅で暮らしているとのことだった。そして、その研究所というのが、まさにこうしてふたりで訪ねてきた「東都大学先端科学研究センター」だったのである。

曽祖父のサカモト博士に関する新情報を仕入れたくて、三十年ぶりの再会を図ったところ、なんのことはない目指す相手のサカモトニレはもう何年も前から僕たちと同じ町に住み、しかも、僕たちが毎日散歩に来ていたあの「和鹿公園」のすぐそばで暮らしていたのだ。

僕はこの出来過ぎた偶然に啞然とするしかない。そのことを伝えると、「これって何かのお導き?」とちょっと薄気味悪そうな声でカヤコは返してきたのだった。

昨日の昼間、教わった携帯番号に電話してみた。すると、すぐにニレの声が電話口から響いてきた。人の声というのは何よりも記憶の奥深くにしっかりと根付いてくれるものだ。容姿や匂い、雰囲気などはすっかり忘れてしまっても、その人の声だけはずっと耳朶《じだ》に残りつづける。それを確認する一番手っ取り早い方法は、亡くなった知り合いを幾人か思い浮かべてみることだろう。僕のように歳を取り、大勢の人間を見送ってくれば、故人の声だけがいまも鮮明に脳裏によみがえってくるのがよく分かる。

ニレの声も三十年前とちっとも変わってはいなかった。

しばらく互いの近況を伝え合ってから、僕は用件を切り出した。曽祖父のサカモト博士について詳しい話が聞きたいと妻が言っているので会ってくれないか、と持ちかけるとニレはさほど不審な気配も感じさせずに、

「そうですか。もちろんいつでも構いませんよ。ただ、私なんかが奥様のお役に立てるかどうか自信はありませんけど」

と快諾してくれた。

「むかし、ミタムラ先生にはお話ししなかったことも少しはありますから……」

ちょっと口籠もるようにしてそう付け加えもしたのだ。

というわけで、早速、僕は、その電話の翌日である今日の午後、先端科学研究センター内にある職員住宅にニレを訪ねることに決めたのだった。

職員住宅は団地形式の建物が主で、そのなかに大小の一戸建てが幾つか散らばるように配置されていた。ニレが住んでいるのは、一番奥まった場所にある大きめの一戸建てだった。夫のクレイシジュン（久連石準）博士は、この巨大な研究所の副所長だというから、まあそういうものなのだろう。

クレイシ博士の専門はペンギンの細胞再生であるらしい。

かつて地球温暖化がピークに達した時期にペンギンたちの大半が絶滅してしまった。絶滅を免れ

たペンギンの細胞を使ってのペンギン再生プランが全世界で始まったのはここ四半世紀のことで、博士は若い頃からその計画を推進してきた中心メンバーの一人であるようだった。昨日のニレの話では、「半年前から南極に出かけていて、帰ってくるのは来年の春の予定なんです」という。早々の訪問を受け入れてくれたのも、そういう事情からだろう。ちなみに子どもは一人。女の子で、その子も、いまはイギリスに留学中なのだそうだ。

玄関に顔を見せたニレはちっとも変わっていなかった。一目で彼女が装着者であるのが分かる。ニレの方は、僕とカヤコを見比べて、やはりカヤコの若さに目を瞠《みは》っている。電話でカヤコが来年八十九歳を迎え、Ｔｉｍｅｒ消滅処置を受ける予定であること、僕の方はぐずぐずしているうちに装着可能年齢を超え、すっかり歳を取ってしまったことなどは伝えておいた。

なのに昨日は、ニレが装着者かどうかたしかめそびれてしまった。そんなところにも我ながら認知の減退を感じざるを得ない。

一階の広い応接間に招き入れられる。応接セットのテーブルにはお茶の道具が準備されていた。ソファは四つとも一人掛けだった。その大きな一人掛けのソファに僕とカヤコは並びで座ったが、ソファとソファが結構離れている。それだけで僕の方はちょっと心細くなった。隣のカヤコはというと、ティーポットからお茶を注いでいる向かいの席のニレの様子をじっと観察していた。

全員、一口紅茶を飲んだところで、カヤコが口火を切った。

「実は私、サカモト博士は生きているんじゃないかって思っているんです」

のっけにそう言った。

そんな話は一度も彼女の口から聞いたことがなかった。

僕はびっくりして隣のカヤコを見る。

「博士が失踪したのは、おそらく、永遠のいのちを得たかったからじゃないかって」

さらに突拍子もない言葉を重ねる。

「サカモト博士はＴｉｍｅｒを開発し、現在の装着制度に道を拓いた方でもあります。だとすると、当然ながら博士も装着を選択しなくてはいけない。ところが博士はそれが絶対に嫌だった。だから、Ｔｉｍｅｒの装着が世界中で始まってすぐに姿を消したんじゃないでしょうか？　失踪したとき博士は五十歳。もうそんなに時間は残されていなかった。実際、『言い出しっぺのあなたが、どうしてさっさと装着しないんだ？』という周囲からのプレッシャーがずっとあったんじゃないかと……」

幾ら何でもものの言いようではないか、と僕は驚いた。いきなり曽祖父を裏切り者か卑怯者かのように言われては、快く面会を受け入れてくれたニレの立場はどうなるのか。それにしても、普段は誰に対しても気を遣いすぎるほど遣うカヤコが、まして初対面の相手にこんな不躾《ぶしつけ》な物言いをするのもあまりに意想外ではある。

ただ、一番驚いたのはニレの反応だった。彼女は我が意を得たりという面持ちで大きく頷いてみせると、

「祖母も、むかし、同じようなことを言っていました」

カヤコの方へと身を乗り出すようにして、そう言ったのである。

マレ、ミレ、ニレ、アレ

「同じようなことって?」

質問したのはカヤコではなく、僕だった。ニレがこちらに顔を向ける。

「あのときは黙っていたんですけど、祖母がよく言っていたんです」

むかしを思い出すような面持ちになる。

「あなたのひいおじいちゃんは、Ｔｉｍｅｒを着けるのが嫌で逃げ出しちゃったんだよって。自分で作っておいて、あんなに熱心にみんなに勧めておいて、でも、いざ自分の番になったら家族も仕事も全部放り投げて逃げてしまった。あなたのおじいちゃんも同じ。きっと、ひいおじいちゃんにそそのかされて逃げ出したのよ。サカモトの家の男たちはみんな頭はいいけど、そういうずるい人たちばかり。だから、私も、あなたのおかあさんもあなたも男に生まれなくて本当によかったんだよって」

ニレが、昨日の電話で「先生にはお話ししなかったこと」と言っていたのはこれだったのか。

「ニレさんのおばあちゃんは、父親のことをどうしてそんなふうに言っていたんですか？　サカモト博士は娘に何か失踪を匂わせるようなことを話していたんでしょうか？」

「さあ……」

ニレは首を傾げるようにして、

「おそらく、祖母の直感が働いたんじゃないでしょうか。祖母はとても感覚の鋭敏な人だったので」

と答える。そして、「ただ……」とすぐに言葉をつないだ。

「ただ、曽祖父が失踪する前の晩、いままでそんなことは一度もなかったのに、彼が祖母の部屋にやってきて凄い力でハグしてくれたそうなんです」

「ハグ、ですか？」

僕とカヤコは自然に顔を見合わせた。「はい」とニレが首を縦に振る。

「そして曽祖父が言ったんだそうです。『マレ、これからの人生で、どんなにかなしいことがあっても、本当にかなしむ必要はない。この世界に悲劇なんてものは存在しないんだから』って。そのとき曽祖父の目に涙が滲んでいてびっくりしたって祖母は言っていました」

マレというのが、祖母の名前なのだろう。ニレの母親はミレ（未礼）という名前だったはずだ。

マレ、ミレ、ニレ――ニレの娘の名前は何というのだろうと頭の片隅で思った。

「この世界に悲劇なんてものは存在しない……」

隣でカヤコが小さくつぶやく。

「それってどういう意味だったんでしょう?」

これも独り言のように彼女は言った。

「さあ、よく分かりません。でも、おばあちゃんはそのときの父親の様子を見て、きっとこの人は自分の前からいなくなるって直感したんだそうです。あともう一つ、Ｔｉｍｅｒは絶対に着けちゃいけないって言われたような気がしたんだそうです」

「どうしてそんな気がしたんですか?」

カヤコの疑問は僕も同じだった。

「それもよく分かりません。でも母のミレも、父親がいなくなる数日前に不思議な言葉を聞いているんです。私の祖父はヤマダリンドウ(山田林堂)という人で、曽祖父の弟子の一人だったんですが、祖母のマレ(真礼)と結婚してサカモトの家に入ったんです。ミタムラ先生からお聞き及びだと思うんですが、その祖父も母のミレが九歳のときに姿を消して、いまも行方知れずのままになっています」

「じゃあ、ヤマダ先生もサカモト先生と同じように新しい領域のエネルギーを研究しておられたんですね」

僕が口を挟む。

「はい。曽祖父も祖父のことは研究者として高く評価していたそうです」

「なるほど」

「おかあさまは父であるヤマダ先生からどんな不思議な言葉を聞かされたんですか?」

カヤコが訊ねる。

「『おとうさんは、ミレなんだよ』って」

「おとうさんは、ミレ、ですか?」

「はい。祖父がいなくなる直前、凄く怖い顔でそう言われたんだそうです。おとうさんは、ミレなんだよ。このことは絶対に忘れるんじゃないぞって」

「絶対忘れるんじゃないぞ、ですか?」

今度は僕がつぶやく。

「曽祖父も祖父も新しい領域のエネルギーを研究しているうちに頭がどうにかなってしまったんだって母はよく言っていました。どうして私が自分を捨てた父親と同じなんだって。そんなはずがないだろうって」

——マレ、これからの人生で、どんなにかなしいことがあっても、本当にかなしむ必要はない。この世界に悲劇なんてものは存在しないんだから。

——おとうさんは、ミレなんだよ。このことは絶対に忘れるんじゃないぞ。

新しい領域のエネルギーの発見者であり、Ｔｉｍｅｒ開発の主導者でもあったサカモトフキオ博士と、その娘婿でサカモト博士と同じように新しい領域のエネルギーを研究し、おそらくはＴｉｍｅｒの開発にもたずさわったであろうヤマダリンドウ博士。時を隔てはしても、共に行方不明になったふたりの優秀な科学者が、それぞれの娘に言い残したふたつの言葉には一体いかなる意味が含まれているのか？　この言葉と博士たちの失踪とのあいだにはどのような関係があり、それはまた彼らがＴｉｍｅｒを忌避して「逃げ出しちゃった」こととどう結びついているのだろうか？

僕は頭の中で二人の博士が言い残した言葉を何度も反芻《はんすう》した。そうやってしっかりと記憶に焼き付けておかないとすぐに忘れてしまうのだ。

——マレ、これからの人生で、どんなにかなしいことがあっても、本当にかなしむ必要はない。この世界に悲劇なんてものは存在しないんだから。

——おとうさんは、ミレなんだよ。このことは絶対に忘れるんじゃないぞ。

「ひいおじいさまはともかく、おじいさまのときは何か失踪の手がかりはなかったんでしょうか？」

カヤコが訊ねる。

かのサカモトフキオ博士の失踪は、当時、世界中の人々の耳目をさらい、各国の捜査機関が協力して徹底的な捜索、捜査を行なっている。にもかかわらず有力な手がかりはほとんど見つからないままに迷宮入りとなったのだった。

だが、女婿であるヤマダリンドウ博士の失踪事件はそこまで注目を浴びていない。実際、僕やカヤコだっていまニレに聞かされるまで知らなかった。だとすれば、このありふれた行方不明事件の方には、まだまだ真相解明の余地が残されているのではないか――カヤコはきっとそう考えたのだろう。

「さあ、それは……」

ニレが困ったような表情になる。

「私は祖父のことは写真で顔を見たことがあるくらいですし、母もそんなふうで自分の父親のことはほとんど話してくれませんでしたから」

「そうですか」

カヤコが落胆の声を出す。

「マレさんやミレさんはＴｉｍｅｒは装着したんですか？」

僕が訊ねた。

祖母のマレはサカモト博士から失踪前日にハグされたとき、Ｔｉｍｅｒは絶対装着してはいけないと伝えられた気がしたと語っていたそうだ。彼女が父親のその言いつけを守ったのかどうかが気になっていた。

「実は、マレもミレもTimerは着けなかったんです」

「ニレさんは？」

確認の意味を込めてなのだろう、今度はカヤコが訊いた。

「私は着けました。母も五十を過ぎた頃からずっと持病を抱えていましたし、私の場合は、父親が家族を捨てたのは同じですけれど、彼は曽祖父や祖父のような科学者ではなかったですから。それに父自身が若いときに装着者になっていたので」

「そうだったんですか……。おとうさまはどんなお仕事をされていたんでしょう？」

カヤコが質問を重ねる。

「うちの父は……」

そこでニレはちょっと躊躇《ためら》うように口籠もった。ふたりで彼女の口がふたたび開くのを待つ。

「父はマゴメトシミツ（馬込利光）という名前の俳優なんです」

僕とカヤコはまたお互い顔を見合わせる。

「マゴメトシミツって、あのマゴメトシミツさんですか？」

自分でも声が少し裏返っているのが分かった。それはそうだろう。マゴメトシミツは日本を代表する映画俳優で、世界的にも知られたスターだった。ニレがあんな有名人の娘だったとは思いも寄らない。噂でもそんな話は一度も耳にしたことがなかった。

マゴメトシミツはとっくに七十歳を超えているはずだが、いまも現役で活躍している。むろんあの若々しさがＴｉｍｅｒの効用であるのは明らかだ。俳優やタレント、歌手などはほとんどが装着者だった。

　カヤコの方は驚いたというより唖然とした表情になっていた。

「父親と言っても、私が生まれてすぐに出て行っちゃったんで、父親であって父親でないようなものなんですけど」

　ニレが淡々とした口調で言う。

「じゃあ、そのあとはおとうさまと会ったりはしていないんですか？」

　カヤコの問いに、

「はい。母もすごく嫌がっていたし、私も一度も会いたいとは思わなかったんです。ただ、母が亡くなってしばらくして、向こうから一度会いたいという連絡はあったんです。きっとうちの娘に会いたくなったんだと思います。やっぱり孫は孫なので」

「それで？」

「娘が嫌がったんで、お断りしました」

「娘さんは何というお名前なんですか？」

　僕が知りたかったことをカヤコが訊ねる。

「アレといいます。稗田阿礼《ひえだのあれ》の阿礼ですね。マレ、ミレ、ニレってなんだかややこしいですけど、それだったらもっとややこしくしようって夫と話して、アレにしちゃったんです」

そう言ってニレが笑う。

マレ、ミレ、ニレ、アレ――たしかに何かの呪文のようではある。

「そういうことだったんですか……」

カヤコはどこか感慨深そうな声つきになっていた。その様子を眺めながら、何か気になることがあるのかもしれない、と僕はさきほどから感じていた。

一時間半ほどでクレイシニレの家を辞した。収穫はあったと言えばあったし、サカモト博士やヤマダ博士の探索の手がかりがなきに等しかったので、なかったと言えばなかったと言える結果ではあった。

「ちょっとコーヒーでも飲もうか」

僕が声をかけると、カヤコが頷いた。「何かひっかかることでもあった?」と隣を歩いている彼女に訊こうかと思ったが、とりあえずやめておく。いつもの喫茶店でコーヒーを飲んで、向こうから切り出してくるのを待つ方がいいだろう。

店は空いていた。時刻は午後四時ちょうど。人気のある店だが、この時間帯ならいつもテーブル席に座ることができる。ふたりとも「本日のコーヒー」を注文する。カヤコはついでにチョコレートケーキも頼んだ。チョコレートケーキもアップルケーキと並んで彼女の大好物だ。僕の方は飲み物だけ。ここ数年は、食欲もカヤコの方がずっとある。そんなところにも装着者と非装着者の体力差があらわれていた。

コーヒーと飲み物が一緒に届き、カヤコがさっそくケーキにフォークを入れる。

「だけど、彼女があのマゴメトシミツの娘だったとはね。ちっとも知らなかった」

カヤコの方から何も言い出さないので、少し探りを入れてみる。

「カズマサさん」

黙々と動かしていた手と口を止めて、彼女が僕を見た。

「実はね、ずっとカズマサさんに黙っていたことがあるの」

やけに神妙な顔になっている。

「怒らないで聞いてほしいんだけど」

「なに?」

カヤコが隠し事とは珍しかった。というより一緒になってこの方、彼女が僕に対して何かを隠していたというのは、少なくとも記憶にない。まあ、隠し事なのだから黙っていられたらどうにもならないわけなのだが。

「メイに、カズマサおじさんにも絶対に言わないでってずっと釘を刺されていたから言えなかったのよ」

カヤコは前振りして、

「実はね、マゴメトシミツってメイの彼氏なんだよ。私もまだ一度も会ったことはないんだけど、もう十年くらいつづいていると思う。最初に聞いたのがそれくらいだったから」

「え」

僕は手にしていたコーヒーカップを慌ててソーサーに戻した。

「嘘でしょ」

としか言えなかった。

「ほんと」

カヤコが困惑したような顔になる。

「じゃあ……」

さきほどニレの前で見せた彼女の啞然とした顔が脳裏によみがえってきた。

「そうなんだよ。ニレさんがマゴメトシミツの娘だって聞いて、私、啞然としちゃった。だって、こんな偶然ってあり得ないでしょう」

たしかにと思う。ニレが和鹿に住んでいたことでさえ驚きだったのに、その彼女の実父がメイちゃんの彼氏だなんて、たしかにあり得ない。

「カヤちゃん、ちょっと待ってくれない」

僕はさらに何かを言いたそうにしているカヤコを制止する。回らなくなった頭で、いろんな事実や出来事を整理するには以前よりずっとずっと時間がかかるのだ。

「ということは……」

三分近く沈思黙考し、僕は口を開く。

「今日、僕たちがニレさんに会いに行った一番の収穫は、それってことだね。メイちゃんの長年の彼氏、マゴメトシミツ氏がサカモト博士の孫娘、サカモトミレの元旦那だと分かったってこと――つまり、サカモト博士やヤマダ博士の消息を探る手がかりはそっちにある、と」

ちょっと薄気味悪そうな声で「これって何かのお導き?」とつぶやいたカヤコの顔を思い出していた。

「私もそう思った」

カヤコはきっぱりとした口調になり、

「だから、次は、ふたりでマゴメトシミツさんに会いに行きましょう。彼は、サカモト博士やヤマダ博士のことで何か大事な情報を握っているような気がする。メイに頼めばきっと会わせてくれるはずだから」

と言ったのだった。

ミラクル・ベイブ

その事件が起きたのはいまから百二十年ほど前だった。

愛知県豊臣市のとある養豚場から豚が集団脱走したのだ。その前年、そこの養豚場では一頭の巨大な豚が生まれていた。監視カメラの映像によると成長したこの巨豚（ふつうの三倍近い大きさだったという）が柵を突き破って脱走。他の豚たちも巨豚のあとを追って野に放たれたのだった。

豚舎での異常を察知し、むろん養豚場のスタッフたちは逃げ出した豚の群れを追った。

この逃走劇はいまだかつてない展開をたどる。

先頭を走る巨豚と他の百数十頭の豚たちは一糸乱れぬ隊列で畑を踏み越え、道路を渡り、豊臣市の南西を流れる一級河川、豊家川《ほうけがわ》へと向かったのだった。養豚場の経営者ら数名のスタッフはミニバンに乗り組んで、猛スピードで前を走る豚たちを追いかける以外になすすべがなかった。

豚たちが足を止めたのは、豊家川の広い河川敷。そこは見渡す限りの草地で、季節は春。百数十頭の豚たちは生まれて初めて本物の自然に触れ、本物の太陽の光を全身に浴び、いかにも楽しげな風情で河川敷に三々五々ちらばった。養豚場の面々はそうやってのんびりくつろぐ豚たちを捕獲するべく応援の人数を呼び、豚舎に戻すための家畜運搬車を手配した。

十数人の同業者と数台の運搬車が到着し、人々が捕獲棒をそれぞれ手にして豚たちに近づいていこうとしたときだった。例の巨豚が養豚場の経営者の方へとゆっくりと歩いてきて、彼の前で立ち止まった。

その瞬間の映像は上空を飛んでいた数機の監視用ドローン（養豚業者が豚の脱走と同時に飛ばしていた）が撮影しており、ドローンを含むすべてが蒸発したあとも、送信されたデータはサーバーに保存された。やがて発見されたこの映像データが、豊臣市の奇怪な事件の全容を把握するうえで決定的な役割を果たすことになる。

経営者の前に進み出た巨豚は、爆発した。

文字通り豚の身体が爆弾と同じように大爆発を起こしたのだった。この大爆発で半径五キロメートルの土地、建物、そして人間や動物のすべてが蒸発する。爆発のあとには直径一キロ以上に及ぶ巨大なクレーターが残された。死者の数はいまだ推定値であるものの二万八千四百人。むろん半径五キロ外の家屋やビルにも激しい爆風と熱風が襲いかかり、当時人口六万人弱だった豊臣市のほぼ半数が死亡し、怪我人もまた膨大な数に上ったのだった。

この前代未聞の大爆発で真っ先に取り沙汰されたのは、当然ながら中国からの核攻撃（誤射）だったが、それは即時に否定された。次に疑われたのは巨大隕石の衝突であったが、隕石説もすぐに消えて、結局、最後まで残ったのは何者かによる爆弾テロ説であった。

不思議な話だが、爆発直前に起きた豚舎からの多数の豚の脱走事件は、長期間にわたって捜査当局の関心を惹くところとはならなかった。一番の要因は脱走事件を知る関係者全員、並びに養豚場それ自体が大爆発によってすべて消滅してしまったことだろう。豚の脱走事件を証言する人間も、物証もなくなってしまい、事件そのものが闇に没していったのだ。

捜査当局は爆弾テロ説を追いかけつづけるが、使用された爆弾の種類、起爆方法、犯人の特定や足取り、それらすべてが不明のままだった。

爆発事件から二カ月ほどが過ぎた頃、爆発が爆弾やミサイル、隕石などによるものとはまったく異なる物理現象であったことが科学調査チームの検証で明らかにされる。このときの科学調査チームを率いていたのが、のちに「新しい領域のエネルギー」を発見する世界的な素粒子物理学者、サカモトフキオ国立科学技術大学教授だった。

養豚業者が飛ばした監視用ドローンの映像が発掘されたのは、科学調査チームによる解析結果が公表されて二週間ほどが過ぎた頃だった。豊臣市と隣接する名古屋市に住む大学生——彼は当時、日本中で日々飛ばされている無数のドローンの画像をハッキングによって蒐集《しゅうしゅう》する画像マニアだった——がサカモト博士たちの発表に接して大爆発当日の豊臣市上空のさまざまなドローン画像を逐一分析し、そのなかに奇妙な画像（動画）が存在していることに気づいたのだった。むろん捜査当局もこの画像データはとっくのむかしに洗い出していたのだが、画像解析技術の未熟さゆえに脱走した豚の群れの中の一頭が大爆発を起こしたと特定するには及ばなかったのだ。

まあ、豚が爆発するなど想像さえ不可能な事象であるから、捜査当局が、入手画像を見て、爆発現場の河川敷に豚の群れが偶然いただけだと解釈したのは無理からぬところではあった。

件《くだん》の大学生によって、そのドローン画像（彼のすぐれたリマスター技術により非常に鮮明になっていた）がサカモト博士のもとへと持ち込まれ、そこに至ってようやく大爆発の真因が突き止められることになったのだった。

一頭の豚が大爆発を起こし、人口六万人の町の半分が吹き飛んだ——というニュースは世界に衝撃を与えた。もちろん当初は真に受ける者の方が少なかったが、とはいえ新進気鋭の物理学者で、すでにノーベル賞の有力候補でもあったプロフェッサー・サカモトが発表したとあって、物理学の世界ではその事実は荒唐無稽なものとは受け止められなかった。物理学者たちの関心は事の真偽ではなく、

——なぜ豚がそんな大爆発を起こしたのか？

に集中したのである。

豊臣市での爆発からちょうど一年後、今度はアメリカ、ミネソタ州の養豚場で大爆発が起きる。爆発規模は豊臣市のそれをはるかにしのぎ、なんと二百キロも離れた州都ミネアポリスが壊滅して五十万人超の市民が一瞬で爆死するという惨状を呈した。

それ以降は世界各地で豚の爆発現象が頻発し、なかでも中国の四川省における爆発（四川大爆発）では、実に千数百万人が犠牲になるという人類史上、未曽有の悲劇が生まれたのだった。

そうした一連の動きのなかで、豊臣市で最初の爆発を起こした巨大な豚はいつしか人々のあいだで「ミラクル・ベイブ」と呼ばれるようになった。いつ、誰がその呼称を使い始めたのかは定かでない。

ただ、豚の爆発が世界中で起き始めてのちの十年間、一連の奇怪な物理現象の解明に取り組みつづけてきたサカモト博士が、

――爆発は「新しい領域のエネルギー」によってもたらされるもので、それは原子力エネルギーとは比較にならないほど巨大であり、このまったく新しいエネルギーを人類が有効に活用できるならば石油、石炭などの化石燃料、原子力、あらゆる再生可能エネルギーが不要になるだろう。

との研究論文を発表したことで、「ミラクル・ベイブ」という用語は完全に市民権を得ることになった。というのも、博士が「フィジカル・レビュー」誌で研究成果を発表した折、論文のなかで豊臣市で最初に爆発した巨大な豚を「ミラクル・ベイブ」と何度も記述し、いわばこの俗称に科学的なお墨付きを与える形になったからだった。

「新しい領域のエネルギー」は、宇宙にある物質・エネルギーのうち約六十八パーセントを占めると予測される「ダークエネルギー」の最有力候補と見られ、その検証作業は、サカモト博士の大発見から百年あまりが過ぎた現在も、各国の物理学者によって営々とつづけられている。

怒りと絶望の光

新しい領域のエネルギーは次元と次元とのあいだに畳み込まれた無尽蔵のエネルギーである。サカモト博士は最初の論文で、われわれが認識し得る四次元（三次元に時間を足したもの）と、量子論的に推定可能な最大次元である十一次元とのあいだのどれかの隙間にこの莫大なエネルギーが埋蔵され、なんらかの波動現象によってそのエネルギーはこの四次元の世界に導入（抽出）でき得ると説いたのだった（博士はその隙間のことを「新しい領域」と呼び、それは、この世界と九次元とのあいだに無限に広がっている隙間であると予測したが、最新理論では九次元ではなく八・七二次元と考えられている）。

ただ、サカモト論文の最も画期的なところは、そうした次元間のエネルギーの転位を数学的に明らかにした点ではなく、次元の隙間に存在する無尽蔵の「新しい領域のエネルギー」を導入するときに必要な「なんらかの波動現象」の詳細を突き止めたことにあった。

彼は、各国で起きた豚の大爆発を光学的に丹念に検証・分析し、爆発寸前のすべての豚たちから「ある種の特別な光」が発せられているのを発見した。そして、その「ある種の特別な光」は、特殊な工夫を加えた光電管を使えば人為的に作り出せること、それによって、新しい領域のエネルギーを自由に現実世界に持ち込めることを証明したのだった。

博士は、この光のことを「怒りと絶望の光」と名付けている。

爆発した豚たちから発せられていた極微量の光は、われわれ人間が激しい恐怖と憤怒、そして究極の絶望に陥ったときに身体から発する不可視の光（電磁波）と同質のものだったのだ。

――われわれ人類が有史以前からつづけてきた残虐行為が、ついに限界点（閾値《いきち》）を超えたことによって、このような「怒りと絶望の光」が豚たちの身体から発せられたのであろう。

「フィジカル・レビュー」の論文が一大センセーションを巻き起こした折、博士は各国の報道機関のインタビューに応じて、未知のまったく新しい光が出現した理由をそのように語ったのだった。

かの四川大爆発で千数百万人が一瞬で爆死したことが最後の決め手となり、中国では豚食が全面的に禁止され、すべての養豚業者が廃業に追い込まれた。中国以外の諸外国では、すでに豚食も養豚もほとんど行なわれなくなっていたが、中国政府による徹底的な闇業者の摘発と、厳罰化（生産、流通に関わった業者だけでなく、豚を調理した人、それを食べた人も全員が極刑に処された）は、世界中に存在した豚市場（闇を含む）を駆逐するのに決定的な役割を果たした。

また「怒りと絶望の光」がサカモト博士によって発見されたことで、すでに始まっていた豚以外の動物食（牛、馬、うさぎ、鶏、鳩など）追放の機運も一気に加速していったのである。

現在では動物食は世界中で禁止され、人類の主要なタンパク源は穀物由来の人工肉と海洋生物（くじらやイルカは除く）によってまかなわれている。

ただ、魚食に関しても「閾値」の問題は存在し、魚たちの身体からもいずれ「怒りと絶望の光」が発生すると見られていた。しかも、そうした閾値の突破が、今後数十年以内に起こると予測する物理学者もいるのだった。

体内時空連続体変異

新しい領域のエネルギーは当初、「ミラクル・エナジー」（奇跡のエネルギー「ME」）、「ゴッド・エナジー」（神のエネルギー「GE」）とも呼ばれ、単に「ニュー・パワー」（NP）と呼ばれることもあった。だが、このエネルギーがTimerという形で汎用化され始めると、こうした呼称は徐々にすたれ、いまでは「New Dimension Energy（新次元のエネルギー）」（NDE）と呼ばれることがほとんどだった。また、日本においてはサカモト博士が最初に用いた「新しい領域のエネルギー」という語句が使われることも多い。

やはり、Ｔｉｍｅｒの装着制度が普及するとともに、このエネルギーをいたずらに神聖化、神格化することへの抵抗感が人々のあいだで広がっていったのだと思われる。新しい領域のエネルギーはいまでは発電用動力源の九割以上を占め、それによるクリーンで限りなく低コストの発電システムによって電力不足は解消され、同時に環境汚染や地球温暖化などの問題もほぼ一掃されたのだった。

だが、この新しい領域のエネルギーには、もう一つ驚くべき特性があった。

それがいわゆる「生体エネルギー融合化作用」と呼ばれるもので、ＮＤＥを生体内に持続的に取り込むことで「体内時空連続体変異」、つまり肉体の老化速度の遅延化を図ることができるのである。これは、八・七二次元と四次元とのあいだに畳み込まれているエネルギーを四次元側にたぐりこむ際に必然的に生じる物理現象で、要するに肉体の本来の時間軸にひずみがもたらされ、歳を取りにくくなってしまうということだった。

新しい領域のエネルギーによる「体内時空連続体変異」を発見したのも他ならぬサカモトフキオ博士であった。さらに、この物理学的効果（ＮＤＥ効果）を利用して、人類のゆるやかな不老化を引き起こす装置（Ｌｉｆｅ‐Ｔｉｍｅｒ）を開発したのもサカモト博士が率いる開発チームであった。

ただし、「体内時空連続体変異」に関しての学術情報はごく一部しか公開されておらず、新しい領域のエネルギーの生命体への応用は国際組織「世界保健機構」（新WHO）によって厳しく統制管理されている。

現在、応用技術として承認されているのはTimer装置一つに限られ、これは世界人口が百億を突破し、さらに増えつづけるという当時の深刻な人口爆発を解決するための窮余の一策としてTimer装着制度が採用されたからであった。そのための法的裏付けとして各国で制定されたのが、先に紹介したLT法である。

「体内時空連続体変異」に関しては、百年あまりが過ぎた現在も情報の大部分が非公開ということも手伝い、諸説が飛び交っている。新しい領域のエネルギーを導入するために製造された特殊な光電管が幾つかの研究施設で自由に利用できた草創期（現在は光電管の製造も使用も各国政府によって厳密に管理され、製造方法も非公開）、この光電管によって得たエネルギーを人間に照射した研究者はかなりの数に上ったと言われる。

そして、照射された人々のなかには「ゆるやかな不老化」ではなく、そのものずばり「不老不死化」した例も多く見られたという説も根強くあった。「外し屋」という詐欺商法がいまもって成り立ち、世界中で一定数の被害者が生まれているのも、もとはといえばそうした不老不死の伝説がまことしやかに語り継がれているからでもある。

白壁五丁目

クレイシニレと会った翌日、カヤコはさっそくメイにあてて長文のメールを送った。

サカモト博士の曽孫であるニレと会ったこと、彼女の実父がマゴメトシミツであると言われたこと、しかし、これまでメイからそんな話は一度も聞いたおぼえがないので、ひょっとするとメイはその事実を知らされていないのではないか、と思ったこと、さらにはマゴメの義父にあたるヤマダリンドウ博士も失踪し、生死も分からぬ状態であること、そういうあれこれを踏まえて、一度マゴメトシミツに面会し、サカモト博士の孫娘をめとった詳しい経緯やサカモト家の内情、ヤマダリンドウ博士について彼がかつて元妻や姑から告げられた事実をぜひ教えてほしいこと――などを綴り、そのためにメイに仲介の労を取るよう依頼したのだった。

メイからはその日の夕方、さっそく電話が来た。

「おばちゃん、その話、ほんとにほんとなの？」

彼女は興奮した口調で、マゴメの元妻がサカモト博士の孫娘だという事実について繰り返し確かめてきたという。カヤコの予想の通りで、メイは何も聞かされてはいなかったのだ。

むろん、マゴメと僕たちを引き合わせる件については快諾してくれた。

「私も同席していい？」

と言うので、「もちろんだよ」とカヤコが答えると、

「だったら、それまで私からは何も言わないようにする。四人で会ったときにいきなりぶつけて反応を見たいし……。そんな大事なことをずっと黙っていたとなると、きっと他にも言えないことが何かあるのかもしれない。この際、トシミツをとっちめて全部吐き出させてやりましょう」

メイは意気軒昂《けんこう》だったらしい。

ただ、日取りは少し先になってしまった。というのも、マゴメトシミツはハリウッドの大作映画に出演するために先月から渡米しており、帰国は年末ぎりぎりになってしまうという。

「クリスマスには帰るって言ってるから、それ以降でセッティングするね。でも、年は絶対またがないようにするから」

メイはそう断言して電話を切ったのだった。

次の一手まで一カ月半もインターバルができてカヤコは落胆するかと思いきや、ちっともそんなことはなかった。それどころか彼女はふたたびメイに連絡を取って、例の〝ダンスの恩師〟捜しを始めたのである。

クレイシニレと会った翌週、カヤコはまた都内に出かけた。亡き恩師にそっくりの女性を名古屋で見つけたメイの親友に会うためだった。これもまたメイが彼女を紹介してくれることになったの

だ。

親友の名前はイズイシミイナ(出石みいな)。ミイナはメイと同じ頃にデビューしたモデル仲間で、彼女もメイ同様に一時期は、雑誌やポスター、コマーシャルでその顔を見ない日はないという売れっ子だった。サッカー選手と結婚したものの数年で離婚、いまは名の知れた舞台演出家と再婚し、モデル業やタレント業もつづけているようだ。年齢もメイと似たり寄ったりでふたりは若い頃からの掛け値なしの親友同士らしい。

夕方、メイやミイナと会ったカヤコが帰ってきた。例によって僕はライトレールの電停まで迎えに行き、帰り道にあるラーメン屋で晩御飯を食べて一緒に帰宅した。ラーメン屋はすごく混んで、ちゃんと話もできなかったので、部屋で食後のコーヒーを飲みながら、今日の一件について聞いた。

「カズマサさん、私、この週末にメイたちと名古屋に行くことにしたよ」

開口一番、カヤコが言った。

「名古屋?」

のっけから面食らう。

「そう。金、土、日。月曜日には帰ってくるから、三日間だけお留守番頼みます」

カヤコが泊まりがけの外出をするのは久々だった。キルトの教室を開いていた頃は、地方での出張講師や自作の展覧会で年に数回は出かけていたが、ここ七、八年はひとり旅はなかったのではないか? ましてこの一、二年はふたりで旅に出ることもなくなっている。

「もちろんかまわないけど、それにしてもどうしていきなり名古屋なの？」

メイたち、と言うからにはおそらく今日会ったミイナも一緒なのだろう。

「それがね、ミイナさんの話をつぶさに聞いてみたら、名古屋に行けば、彼女が見失った恩師の足取りがつかめるかもしれないって気がしたのよ」

「そうなんだ」

それから、カヤコはミイナが〝亡き恩師〟を名古屋の雑踏でどうやって見つけたのかを詳しく話してくれた。

いまから三週間ほど前の十月最後の土曜日。ミイナは、「名城公園」の特設スタジオから生配信されるネット番組にゲスト・コメンテーターのひとりとして参加した。配信が終わったのが午後二時頃。そのあと彼女は番組のスタッフや同行していたマネージャーと共に名古屋城のお堀端にある「名城グランドホテル」に移動し、ホテル内のレストランで遅めの昼食をとった。午後三時過ぎに解散となり、マネージャーとふたりでホテルからタクシーに乗ってＪＲ名古屋駅へと向かったのだという。

ホテルの正面玄関を出て大津通に入り、市役所前の交差点で信号待ちをしているときだった。市役所の玄関から吐き出されてきた人々と反対側からやってきた人々がすれ違いながら目の前の横断歩道を渡っていく。タクシーは信号待ちの車列の先頭で、しかも、彼女は助手席に座っていた。というのもミイナには閉所恐怖症の気味があって、車に乗るときはいつも助手席を選ぶのだ。左右から行き交う大勢の人たちをぼんやり眺めていると、ふと背の高い痩せた女性の姿に目がとまった。その女性はなぜか季節外れのサングラスをかけ、頭にはピンクのバンダナを巻いている。背筋をピンと伸ばし、颯爽とした雰囲気で左右には目もくれずにミイナの目の前を市役所側の歩道へと通り過ぎていった。

「ごめん。先に東京に帰ってて」

ミイナは助手席のドアをいきなり開けると、後部座席でスマホをチェックしていた女性マネージャーに告げた。

「え、ミイナさん……」

「悪い。ちょっと大事な用事を思い出したの。今日中には東京に帰るから」

それだけ言うと、彼女はタクシーを降り、ピンクのバンダナの女性の後ろ姿を追って自分も市役所側の歩道へと駆け出したのである。

人波に見え隠れする数メートル先の女性の背中を追いかけながら、ミイナは自分の鼓動が早鐘を打つように高まるのを感じた。

「ナギサ先生は生まれつき、左の足がほんの少しだけ短かったんです。これはダンサーとしては致命的な欠陥だったんですけど、先生は人並み外れた才能と練習量でそれをカバーして、逆に先生にしか踊れないダンスを確立したんです。そうやって世界的なダンサーになった。でも、ふだん歩くときはわずかだけど変則的な歩き方になって、とくに走ったりするとすぐに分かるんです。でも、そういう日頃の変則的な動きが、いざ舞台に上がると、見違えるほど鮮やかでユニークなパフォーマンスへと昇華される。後にも先にもあんなふうな歩き方をする人を私は先生以外で見たことはないんです」

ミイナはかつての恩師、ミギワナギサ（汀渚）のことをそう言い、だからこそ自分がタクシーの中から見つけた女性は〝ナギサ先生〟に間違いないと確信したのだという。

バンダナの女性は、市役所前を通り過ぎると右折して出来町通に入り、お城とは反対方向へと歩き始めた。広く真っ直ぐな通りをぐんぐん進んで行く。背後からその歩き方を子細に観察し、ミイナはますます確信を深めたそうだ。上背も体型も、彼女が知っているナギサ先生とそっくりだった。サングラスにバンダナというのも先生のトレードマークなのだ。

ミイナがレッスンを受けていた十代の頃でも先生はすでに七十歳に近い年齢だった。だが、十八歳で早々とTimerを装着した彼女は、とてもそうは見えない若々しさを保っていた。

「ほんとに若くて、まるで四十代にしか見えなかったんです」

とミイナは言っていたそうだ。

目の前を歩くバンダナの女性も若々しい。すらっとした体型はいまでも舞台に上がっているかのようで、ミイナの記憶のなかにあるナギサ先生と変わらない。もしも、これで百歳に近い年齢なのだとすればTimerの消滅装置を解除したのみならず、さらに時計の針を逆回しにしたのではないかと感じるくらいだった。

「もしかして、先生の娘？　それとも姪っ子？」

ふとそんな疑問さえ頭に浮かんだが、生涯独身だった先生に子どもはいなかったし、彼女の親族と言えば十年前に先生の死を伝えてきた甥っ子ひとりきりのはずだった。

相変わらず個性的な歩き方で出来町通を歩いていた女性は、高速道路の下をくぐって二百メートルほど過ぎたところで右の路地へと進路を変えたのだった。そこはもう小規模のマンションや一戸建ての建ち並ぶ住宅街だった。電柱の住居表示は「東区白壁五丁目」。路地に入ると人通りも減り、ミイナは前を歩く女性に勘づかれないよう距離を置いて尾行した。

幾つか路地を曲がると、そこそこ広い通りに行き当たる。更に右折して、バンダナの女性は通り沿いに建っている一軒の町家風の建物へと入っていった。

そこが、ミイナが女性に声をかけたというカフェ（喫茶店）だったのである。

「しばらく観察したあと、サングラスを取ってすっかりくつろいでコーヒーを飲んでいる彼女に声をかけたら、ミイナさんの顔を一目見た瞬間に立ち上がって、お金も払わずに店を出て行ったんだって。もちろんミイナさんも追いかけたけど、ものすごく足が速くて追いつけなかったみたい。でも、その脱兎のように走り去って行く後ろ姿はナギサ先生以外の誰でもあり得なかったそうよ」

カヤコは言って、

「ミイナさんの話を聞いて、私は、彼女が嘘をついたり、他人の空似を勘違いしたわけじゃないって確信した。だとすると、ミギワナギサはミイナさんが声をかけた喫茶店の近くで暮らしているか、その辺りに頻繁に出入りしている可能性が高いと思ったの」

と付け加える。

「じゃあ、それでカヤちゃんたちは、そのお店や周辺を巡って聞き込みでもしようって思いついたわけ?」

「そう。メイもミイナさんもやるだけやってみようって言ってくれた。何しろ、彼女たちも装着者だし、もしもナギサ先生がＴｉｍｅｒの消滅装置を解除できたんだったら、先生を見つけ出せばその方法を訊くことができるでしょう。どんな小さな手がかりでも、捜してみる価値は充分にあるって三人で話したんだよ」

カヤコの両の瞳が強い光を放っている。

言葉の綾

その喫茶店の名前は「サンシャイン」というらしい。

ネットで調べると出てきたが、人気店という感じでもなく、地元の人が利用するふつうの喫茶店だった。店のある東区白壁町は大通り沿いには大きなマンションやビルが建ち並んでいるが、一歩路地を入ると戸建てや小規模の集合住宅が密集する純然たる住宅地のようだった。たしかにカヤコの推理の通りで、「サンシャイン」でくつろいでいたピンクのバンダナの女性は、その白壁町周辺を生活圏としている可能性が大いにあるのではないか？

ほんとうは僕も名古屋に同行したいところだったが、この歳では三人の足手まといになるのは必至。カヤコもそれを案じてか最初から誘ってもこなかった。

情けないなあ、とは思う。

これで万に一つも、カヤコがＴｉｍｅｒの解除法を見つけ出してしまえば、彼女は〝ナギサ先生〟のように若返り、寿命もさらに延ばすことになるのだろうか？　そうなったならば、僕はいま以上に足手まといとなり、彼女の自由を束縛する。せめてもの救いは、僕が早晩死んでしまうことだろう。僕の死によってカヤコは束縛から解放され、その後も〝ナギサ先生〟のように颯爽と生きていく。おそらくはミタムラカヤコという名前も捨て、住む場所も変えて、まったく別の人間になりすまして生きるのだろう。

どういう細工を施せばそんな変身が可能なのかは分からないが、仮にバンダナの女性がミギワナギサ本人だとすれば、彼女はそうやって別人となり、新しい人生を歩んでいると思われる。でなければ、一切地縁のなかった名古屋（ナギサは横浜生まれの横浜育ちで、彼女のダンス教室も横浜にあった）だとしても、白昼堂々、雑踏を闊歩したり、喫茶店でのんびりコーヒーを飲んだりできるはずがなかった。

生死不明の装着者への捜査当局の探索は熾烈《しれつ》を極め、親族も半ば連座する形で社会的信用を失うほどだ。それもあって、この日本では、遺体の未回収事案は十年に一件あるかないかとされ、その数少ない事案もほぼすべてが自殺によるものだと言われている。

カヤコが不在のあいだ、僕は穏やかに日々を送った。いつものように和鹿公園を歩き、帰りにショッピングモールで食材を仕入れ、夕方キッチンに立って簡単な夕食を作り、それを食べながらニュースを眺め、温泉に行って身体をあたため、そしてベッドに入る。

ベッドでのカヤコとのいつもの会話が失われた分、追憶と回想、若い頃から生業《なりわい》としてきた思索に時間を費やした。

カヤコがサカモト博士やヤマダ博士、ナギサ先生を見つけたいのは、「来年の五月十八日、私の身体のなかのＴｉｍｅｒが消滅して、私がどうなるのか？　どこへ行くのか、行かないのか」が知りたいからだと言っていた。「Ｔｉｍｅｒが消滅したとき、肉体とともにこの自分という意識も真っ暗になるのか、それともその暗闇の向こうに一筋の光を見つけられるのか」が知りたいのだと。

そして、すっかり歳を取って、あらゆるものへの興味、執着をなくしても唯一、自分がどこから来て、どこへ行くのかだけは「何が何でも知りたい」のだと。そのためにサカモト博士たちやミギワナギサを見つけ出して、Ｔｉｍｅｒの秘密を聞き出そうと彼女はある意味、息巻いている。

メイやミイナは、Ｔｉｍｅｒの消滅装置を解除するのが目的なのだろうが、カヤコは本当はどうなのだろう？　彼女もまた来年の五月十八日を越えてもっともっと生きたいと願っているのだろうか？　Ｔｉｍｅｒの秘密を知り、同時に時限設定の解除方法も見つけたとき（それは当然そうなるだろう）、カヤコは実際に解除を行なって、さらなる寿命を獲得するつもりでいるのか？

もし、そうだとすれば、どうしてそうするのか？　何のために長生きをしたいと願っているのか？　彼女の目的は一体何なのか？

ベッドのなかでそんな疑問がまずは浮かぶ。

夫もひとり息子もすでに失ったカヤコが現世に執着する理由があるとすれば、それは僕のことだろう。僕をひとりきりにさせてしまうのは、僕を死なせるに等しいと彼女は言っていた。ということは、カヤコは僕を死なせたくない一心で生きつづけたいのだろうか？

しかし、装着者ではない僕は、どうせあと数年でこの世を去る。彼女がＴｉｍｅｒを解除して長々としたいのちを得てしまえば、そうやって僕が死んだあと、今度は彼女が生きながらに死んでしまうのではないか？

それとも……。

Ｔｉｍｅｒの解除によって今後数十年以上、または永遠の生を手にすることで、彼女はもう一度まっさらな自分として新しい人生へと踏み出すつもりでいるのだろうか？　ヒビキ君の死やフクミツさんの死、そして僕の死を「本物の死」から「本物っぽい死」へと転化させて、次なる「本物の死」を見つけるべく旅立つのだろうか？

だが、「ほんとうに親しい者の死」（本物の死）と「自分自身の死」のふたつで構成されていることの世界は、仮にカヤコがＴｉｍｅｒの消滅装置を解除することで永遠の生を手にしてしまえば、その世界自体が根底から崩れてしまうことになる。

なぜなら、「ほんとうに親しい者の死」は「自分自身の死」と組み合わさることで初めて現実のものとなるからだ。それはそうだろう。永遠に生きる者にはほんとうに親しいという概念は存在し得ない。彼らは常に「ほんとうに親しい者」を更新しながら生きつづけていくしかないのだ。千年前にほんとうに親しかった者は、いま現在ほんとうに親しい者の前ではすっかりかすんで、ほんとうに親しかったっぽい者になるしかない定めなのである。

僕は、サカモト博士が失踪する前日、娘のマレに告げた言葉は、そうした含意なのだろうと推測していた。

――マレ、これからの人生で、どんなにかなしいことがあっても、本当にかなしむ必要はない。この世界に悲劇なんてものは存在しないんだから。

サカモト博士は、要するにこの世界にほんものの悲劇などない、と言ったのだ。それは、Ｔｉｍｅｒを解除して永遠の生を手にした者に本物の死がないのとまったく同じ意味においてそうなのではなかろうか？

この世界にほんものの悲劇が存在しなくなるのは、人間が不死である場合だ。不死の世界では、ほんとうに親しい者もほんものの悲劇も存在することができない。ならば、博士は新しい領域のエネルギーによって人間が不死になることに気づいたのではないか？
Ｔｉｍｅｒを装着することで人は八十九歳までの健康寿命を保証される。八十九歳になったとき体内に埋め込まれていたＴｉｍｅｒは消滅し、装着者は確実に死ぬ。だが、Ｔｉｍｅｒ消滅を解除できれば、人間はきっと不死になるのだろう。博士はおそらくそのことに気づいた。

だからこそ、娘のマレにＴｉｍｅｒの装着をしないよう暗に伝えた。万が一、解除できたとき彼女が不死になってしまうのを恐れたのだ。

自身が装着を拒絶したのも同じ理由からではないか？　Ｔｉｍｅｒの開発者である博士には、当然、時限設定を解除する方法が分かっていたと思われる。装着し、八十九歳に達したとき、彼は自分が死への恐怖と永遠の生命への誘惑に負けて、自らの体内のＴｉｍｅｒを解除してしまう危険性に気づいたのだ。

娘のマレに「この世界に悲劇なんてものは存在しない」と告げたのは、言葉の綾だったのだろう。博士は言外に、Ｔｉｍｅｒを装着してしまえば、「永遠のいのちを得る危険性」があると言いたかったのだ。

実際、Ｔｉｍｅｒ制度の初めからＴｉｍｅｒの解除をもくろむ「外し屋」たちが横行しだしていた。やがて時が過ぎ、科学技術が進展すれば、各国政府がいかに厳秘を貫いたとしてもいずれＴｉｍｅｒの解除法を発見する人間は出てくる。

そのとき、装着者の多くが恐怖と欲望に負けて不死の人間となってしまうことを博士は危惧した。

死を失ってしまえば、本当のかなしみのみならず本当のよろこびをも失ってしまう。

不死の世界には真実の悲劇も真実の愛もあったものではない。

だからこそ、博士はマレに「本当に悲しむ必要はない」と説いた。なぜならば、「どんなにかなしいこと」があっても、死さえ失わなければいずれは消え去ってしまうのだから。

かなしみやよろこびのない世界に生きつづけるよりも、死を運命づけられた人生の方がはるかに幸福だと博士は考えたのである――という、僕のこの推測は、果たして正しいのだろうか？

ヒロコの死

ヒロコが亡くなったことは憶えている。

だが、そのかなしみはすっかり脱色され、彼女を失ったときの絶望はもう言葉だけの「絶望」でしかなくなっている。あれから五十五年の月日が流れ去ってしまったのだ。しかし、そんな言葉だけの「絶望」であっても、僕をこの世への執着から引きはがす根本的な力をいまも秘めている。うーちゃんの死がもたらした「絶望」（これは「諦念」という言葉の方が近いかもしれない）も、それと変わらぬほどの力を秘めている。僕は、ヒロコを亡くした「絶望」とう―ちゃんを亡くした「絶望」（諦念）、このふたつの「絶望」のみで充分に喜んで死んでいけると確信している。

実際、死の床についたとき、僕はそうやって死んでいくだろう。僕にとって死はもう怖いものではない。

ヒロコは大学卒業後、小学校の教師になった。赴任先が板橋第六小学校だったので、すでに結婚していた僕たちは板橋区の大山町に転居した。留学を終えた僕は、池袋の大学の大学院に通っていたから大山町（最寄り駅は東武東上線の「大山町」）は自分にとっても便利な場所だった。

ヒロコの大学での専攻は日本近代文学だったが、小学校教師なので「国語」のみならず全教科を受け持った。彼女は見かけは華奢《きやしゃ》で、物腰もおっとりしていたが実は負けん気のつよい男っぽい性格の女性だった。僕なんかより何倍も男らしかった。

二年目に初めて三年生のクラス担任になったが、明らかに虐待を受けている女子児童の家に単身で乗り込み、怒り狂った父親に突き飛ばされて左腕を折る大けがをさせられたこともある。この事件が刑事事件化し、父親は逮捕され、そのおかげで暴力をふるわれつづけていた女児とその母親は父親のもとを離れることができた。ふたりは母方の実家がある関西に転居し、福祉の力を借りながら立ち直っていくのだが、一連の役所との手続きから引っ越しまでヒロコは徹底的にサポートし、転居後も絶えず連絡をとって母子を励ましていた。

訃報を知って葬儀に駆けつけたふたりが、ヒロコの棺にとりすがって号泣する姿はいまも僕の目に焼きついている。

　教師三年目、母子の事件から九カ月ほどが過ぎた梅雨時のこと。ヒロコが腰が痛いと言い出した。中・高・大とバドミントンの選手だった彼女はもとから腰痛持ちで、それに例の事件で父親から突き飛ばされたときに腕が折れただけでなく、腰を壁に強打して腰痛がいっときぶり返したこともあった。なので彼女も僕も、梅雨の湿気のせいとしか思っていなかった。

　日々のストレッチを欠かさない程度でヒロコもふつうに勤務し、休日は一緒にハッピーロード大山商店街を散歩をしたり、池袋に出て買い物をしたりと変わらぬ日常を送っていたのだった。

　夏が過ぎ、九月に入っても痛みはおさまらなかった。ちょっと長いよね、とヒロコも言い出し、明日、休みをとって病院に行こうと決めたその晩、いきなり吐血した。腰痛以外には何の症状もなく、むろん咳ひとつなかったので血のついたティッシュを見て、

「さっき晩御飯で食べたトマト？」

　彼女がつぶやいたほどだった。

　翌朝、慌てて近くの大学病院に駆け込んだ。画像診断はその日のうちで、呼吸器科の医師からあっさりと「肺がんですね」と告げられた。

「腰の痛みは、腰椎に転移があるので、それのせいだと思います」

　若い医師はそう言って、「手術は不可能なので放射線と化学療法で治療するのがいいでしょう」と勧めてきたのだった。

次の週には放射線治療が始まった。肺の数個の腫瘍と腰椎の転移巣への照射が行なわれ、そのあいだもヒロコはいつも通りに学校へと通った。ただ、治療中は学級担任は降りて、それまで補助教員がやっていた仕事を引き受けることにした。二カ月ほどで放射線治療が終わり、今度は、化学療法ではなくて新しく開発された免疫療法を試すことになった。これも週に一度、二時間ほどの点滴を受ければいいだけなので、補助教員としての勤務をつづけた。

翌年の二月にすべての治療が終了した。その時点で腫瘍の影は肺、腰椎ともにほぼ消失し、腰の痛みも完全に消えていた。

「このまま寛解に持ち込めるといいですね」

担当医も明るい表情だったが、僕はそれまでに数多くの文献を調べ、諸外国の症例にも当たっていたので、ヒロコの現状が決して楽観できるものでないのは痛いほど理解していた。むろん、ヒロコにはそんなことは伝えなかったし、匂わせるような気配も見せなかったつもりだ。

それから半年ほどは平和な日々がつづいた。

平和の終わりは突然やってくる。

診断から丸一年が経過したその年の九月、僕たちはお祝いもかねて草津温泉に出かけた。三日ほど滞在したのだが、最後の日の夜、大浴場でヒロコが倒れた。部屋にいた僕のところに宿の人が知らせに来て駆けつけるとすでに救急車が手配されていた。意識は戻っていたが、そのまま病院に行き、肺がんの既往があると告げると脳だけでなく肺の画像も撮られた。

副院長だという中年の医師が出てきて、脳に問題はないが、肺に影が写っている、といかにも気の毒そうな顔つきで伝えてくれた。

青天の霹靂《へきれき》とはこのことだった。つい二週間ほど前に丸一年の節目でCTとMRの検査を受けたばかりだったのだ。もちろん結果は異常なしで、担当医から画像も見せて貰っていた。そのとき何もなかった右肺の上部に、今回の画像ではくっきりと丸い影が写っている。

「湯あたりのおかげだね。じゃなきゃ、三か月後まで検査はしなかったわけだし」

ヒロコはそう言ったが、顔は青ざめていた。再発後の治療が限定されるのは、彼女もよく分かっていたのだ。

翌朝、東京に帰るとすぐにかかりつけの大学病院に行き、医師の勧めで再度の免疫治療を始めることにした。その後半年のあいだ何度も免疫治療を重ねた。半分は自由診療扱いになったので、相当な額の治療費を負担しなくてはならなかった。むろん僕の実家にもヒロコの実家にも経済的な支援を仰がざるを得なかった。

三月のある日、それが最後の治療の日だったのだが、僕はいつものようにヒロコが点滴を受けているあいだベッドサイドに寄り添って彼女を見守っていた。半月ほど前に画像検査を受け、肺の腫瘍が増大していること、腰椎にふたたび転移が見られることが判明していた。免疫療法は思ったほどの効果を上げていなかった。

「ねえ」

仰向けに寝ているヒロコが点滴パックの方を見つめて言った。

「どうして効かないのかなあ?」

僕は何も返すことができない。

「もっと早くTｉｍｅｒを着けておけばよかったのかなあ……」

ヒロコはそうつぶやいて、さめざめと泣いた。気の強い彼女がそんなふうに泣いたのは、がんが見つかって以降、初めてだった。

その日からヒロコは三カ月、生きた。二十六年と八カ月の生涯だった。

最後の一カ月はホスピスで過ごした。僕は彼女の病室に泊まり込んで最後の最後まで一緒にいた。全身がむくんで、手や足はぱんぱんになった。朝も昼も夜もふくれあがった手と足をマッサージした。

いろんな話をしたが、もうほとんど憶えてはいない。

彼女の死後、思い出そうと思えば思い出せる時期のあいだ僕は決して思い出さないように努力した。生きるためには不可欠な努力だったし、そのおかげでほんとうに思い出せなくなったのだった。

それでよかったのだ、といまも信じている。

奇妙な紙袋

「苦しいときの神頼み」というように、人間は困ったときにだけ神にすがる印象があるが、実は幸福なときも案外、神を思い出すものだ。人は強い幸福感に浸されると瞬間的に、「ああ、神様ほんとうにありがとうございます」とこころのうちでつぶやく。もとから神社仏閣で必勝祈願をしていたアスリートが勝利を摑んで神に感謝を捧げるといった場合なら別だが、実際は、それまで何にも神を意識していなかったとしても、人は望外な喜びや思わぬ幸運、辛くも危地を脱したときなどに、ついつい「神様ありがとうございます」と感謝してしまう。

私たちは、自分という人間を見ているもうひとりの「自分」を持っているが、同時に、その「自分」をさらに見守ってくれ、しかも、たまに幸運を授けてくれるもう一段上の「視点」というものをこころのうちに持っている。

合わせ鏡の譬えを以前は使ったが、人間はものごころがついて二つの自分に分裂した時点で、自分を見る自分を見る自分を見る自分……という構造物を意識のなかに組み入れてしまう。

そしてその構造物をいつまでも上に伸ばしていくわけにもいかなくなって、納得のいく天井を設ける。それが「神」というものなのだ。

カヤコたちの名古屋行きは上首尾とまではいかなかったが、完璧な空振りというわけでもなかった。彼女たちは、大きな確信と奇妙な収穫を手にして東京に戻ってきたのである。

名古屋駅に着くと、三人は宿泊先の「名城グランドホテル」で旅装を解いたあと、ミイナが、ピンクのバンダナを巻いた女性に声をかけた白壁町の喫茶店「サンシャイン」を訪ねた。しかし、扉には「臨時休業」の張り紙があり、店は閉まっていた。ネット情報では日曜定休となっていたので、それもあって金曜日からの名古屋入りを決めたのだが、まさかその金曜日が「臨時休業」とは……。

「もしかして、何かの事情で三連休ってことないよね？」

メイが困ったようにつぶやき、

「それなら月曜日、東京に戻る前に寄ってみればいいじゃない」

ミイナが楽観的に返す。とはいえ、一番のとっかかりのはずの「サンシャイン」が臨時休業というのは三人にすれば出鼻をくじかれた感は否めなかった。

その日は、夕方までスマホに保存したナギサ先生の写真を手にして、白壁町近辺の美容院やクリニック、飲食店、商店、コンビニなどを三人で手分けして回ったが、先生らしき女性にこころあたりのある人物は皆無だった。

翌土曜日、朝一番で「サンシャイン」に出向くが、またもや「臨時休業」。

「残り物に福ってことかな……」

メイが言って、三人で苦笑いしたという。この日は、名古屋に住んでいるミイナのかつてのダンスレッスン仲間を訪ねて歩いた。といっても連絡先が摑めたのは四人で、二人は自宅住所、あとの二人の分は彼女たちが市内で経営しているダンス教室の所在地だった。

自宅組の方は一軒は空き家になっていて、隣人に訊ねても転居先は分からなかった。もう一軒は在宅だったが、彼女はダンスから離れて長く、ナギサ先生が亡くなったことさえ知らなかった。

土曜日とあってダンス教室は二つとも開いていた。

どちらにも旧友が在室で、ミイナとの再会を喜んでくれたもののナギサ先生に関しては何も知らなかった。十年前の死を疑わせるような情報など耳にしたこともないという。

この日も手がかりは、見つからなかった。

「でも、私は全然あきらめてなかったよ。何だか分からないけどきっと手がかりが見つかるっていう気がしてた」

カヤコが言い、

「それもＴｉｍｅｒのお告げ？」

僕が自分の胸に手を当てながら訊ねると、「そうね。そんな感じ」とカヤコが微笑む。

日曜日。本来は定休日のはずだが、念のため三人はまた朝一で「サンシャイン」に出かけた。すると営業していたのだ。

「日曜日はお休みなんじゃないですか？」

だからなのだろう、店には客がいなかった。店主だという白髪の男性にミイナが訊くと、

「そうなんですけど、さすがにね」

彼が、妙に照れくさそうな顔つきになる。さっそくスマホの写真を見せて、

「この人、ご存じないですか？」

と言うと、店主の方がちょっと驚いたような表情を作った。

「少々お待ち下さい」

厨房の方へと入って行く。しばらくして小さな紙袋を持って戻ってきた。

「これを渡してくれと」

と差し出してくる。

「じゃあ、この写真の人を知っているんですね？」

メイが訊く。

「知っているってほどじゃないんですが、何度かお見えになったことはあって、顔は承知していたんです。でも、そんなに有名なダンスの先生だとは全然……」

嘘を述べたり、何かを隠していたりする素振りは一切なく、彼が言った。

「で、数日前にまたいらして、そのとき、前回のお勘定を清算して下さったんです。僕はその当日は、不在だったんですが、お支払いをせずに急にお帰りになったという話はバイトの子から報告を受けていました。で、近いうちに自分を訪ねてくる人がいるだろうから、そうしたらこれを是非渡

して欲しいって頼まれたんです」

写真を見た店主も、件の女性がミギワナギサ本人であるとすぐに了解した様子だった。

「いつですか？　彼女が来たのは？」

カヤコが問うと、

「先週の木曜日です。臨時休業する前日でしたから」

との返事。

結局、店主からそれ以上の話を聞くことはできなかったが、三人は「サンシャイン」でモーニングセットを注文して、二時間ほど店で粘った。座ったのは、あの日、ナギサ先生がコーヒーを飲んでいた席だった。

「もしかしたらナギサ先生が来るかもしれない、ってミイナさんが言ったんだけど、さすがにそれはなかった」

午前十時を過ぎると混み出して、三人は店を出た。

むろん紙袋の中身はすぐに確かめたという。

この出来事で、ミギワナギサは生きているとカヤコは思った。他の二人もそう確信したのだという。

「ミイナさんがひと月前に声をかけた女性が支払いを済ませに来て、そこで誰か自分を訪ねてくるだろうからって紙袋を残したんだよ。彼女は、声をかけてきたのがミイナさんだと分かってたってことでしょう。だとすると、ナギサ先生本人しかいないじゃない」

それはそうだろうと僕も思う。

「だけど、顔を見た瞬間に逃げ出した人が、どうしてこんなものをわざわざミイナさんに渡してくれなんて言ったんだろう?」

僕はカヤコが持ち帰ってきた紙袋の中身を手にしながら言う。

「問題はそこよねえ……」

カヤコがつぶやいた。彼女たちは店を出たあとホテルに戻り、この中身について夜を徹して話し合ったのだという。

「これがナギサ先生からのメッセージだというのは間違いないんだけどね」

紙袋に入っていたのは新品のバンダナだった。それだけでも、紙袋の主がピンクのバンダナの女性であるのは確実だし、バンダナをトレードマークにしていたミギワナギサであるのもたしかだろう。

十年前にニューヨークのチエンジングハウスで死んだはずのミギワナギサは、何らかの手段でTimerの時限設定を解除して、いまも生きつづけている——どうやらそれは真実のようだった。

その彼女がなぜ、自分を追いかけてきたミイナにこんなものを託そうとしたのか? そもそもバンダナを渡すならピンクを選ぶはずではないか?

だが、紙袋に入っていたこのバンダナは、ピンクではなく鮮やかな青なのだ。

不買運動

謎は意外な形でとけた。

十二月に入って一週間ほど過ぎた頃、メイが電話で知らせてきたのだ。

「例のバンダナの意味が分かったかも……」

あくまで推測という感じだったらしい。

「きっと、そうだよ。間違いない」

話を聞いて、くっきり断定したのはカヤコの方だった。実際、カヤコのスマホに転送されてきた写真を見て、僕もメイの推理の通りだろうと思った。

その写真は、映画のロケ先であるニューヨークからマゴメトシミツがメイに送ってきたプライベートショットだった。タイムズスクエアの例の巨大ビルボードの前で共演者やスタッフたちとワイワイ撮った記念写真だが、メイが注目したのはマゴメたちのはしゃいだ姿ではなくて、その背後に写っているビルボードの画面の方だった。

そこにはミラクル・ベイブのキャラクター（日本発のアニメキャラだが、アメリカで大ブレーク）

がパッケージに使われたシリアルのコマーシャルが流されていて、そのミラクル・ベイブの絵がメイには驚きだったのだ。

ベイブのキャラは首に真紅のバンダナを巻いている。ところが、パッケージのベイブは青いバンダナを巻いていたのである。

ベイブといえば真紅のバンダナが定番で、巷《ちまた》に氾濫しているキャラはきまってそのバンダナを巻いている。それはちょうどミッキーマウスが赤いズボンをはいているのと同じくらい当たり前のことだった。

メイは写真を一瞥《いちべつ》したあと、急いでネットで調べたそうだ。

すると、ここ最近、アメリカの東と西の海岸地域では青いバンダナのベイブが人気なのだという。共和、民主両党がいまだにアメリカの二大政党で、共和のシンボルカラーが赤、民主のそれが青というのも変わらない。NYやLAなど大都市のある東西海岸沿いの諸州は伝統的に民主党優位（ブルーステイツ）で、要するに、すでに二十三年間もつづく共和党出身の大統領にうんざり気味の若者たちがベイブのバンダナを青く塗り替え始めたようなのだ。

むろん、来年が大統領選挙の年というのも大きいのだろう。そして、その流行の影響で、さまざまな商品に使用されるベイブキャラのバンダナが赤から青に変化する現象が起きているらしかった。

「なんでも、一部の過激なデモクラット（民主党支持者）たちが、共和党大統領が三代もつづいているのはベイブのバンダナが赤いせいだと難癖をつけて、ベイブキャラ商品の不買運動を始めたみたいなんだよ。それで、企業側も対策として、赤と青の両方のバンダナを巻いた二種類のベイブを使うようになっているんだって。で、当然、ニューヨークの広告に出てくるのは青いバンダナのベイブってわけ」

メイはそう話したあと、

「ということは、あの青いバンダナはミラクル・ベイブを意味しているんじゃないかって、ふと思ったんだよ」

と自分の推測を述べた。

「きっとそうだよ。間違いない。赤のバンダナじゃなくて青いのにしたなんて、いかにも〝ニューヨークで死んだ〟ナギサ先生らしいじゃない。ミイナさんが名古屋で彼女を見かけたのも、それでだったんだよ。ナギサ先生はきっと豊臣市に住んでいるんだと思う。そして、自分がＴｉｍｅｒを解除できたヒントは豊臣市にあるって、愛弟子のミイナさんに伝えたかったのかもしれない」

カヤコはメイの考えに賛同し、

「だとしたら、年明けに豊臣市に行って、また三人でナギサ先生を捜そうよ」

とさっそく提案したのだった。

「分かった。じゃあ、ミイナにもすぐにこのことを伝えて、年明けに豊臣市に行くプランを立ててみるね」

メイの反応も素早かった。そして、

「予定通り、トシミツが二十四日にこっちに戻ってくるから、プランもそれまでに練っておくね。あと、もしおばちゃんたちの都合がつくんだったら、二十七日あたりでトシミツとの面会をセッティングしようと思っているんだけど、それでいいかな?」

と持ちかけてきたのだった。

「もちろん」

カヤコもすぐに了解したのである。

揺れるゴンドラ

マゴメトシミツはスクリーンや画面で観るよりも小柄な感じで、気さくな雰囲気だった。世界的に活躍する大俳優とあって目の前にすると圧倒されるような光彩を放っているのではないかと、いささか緊張の初対面だったのだが、存外ふつうの印象で、そこは半ばホッとし、半ば期待外れのようでもあった。

メイという長年の恋人と一緒に、その恋人の伯母夫婦と会うというので彼の方も完全なプライベートモードで臨んだ面ももちろんあるのだろう。

ただ、少しばかりやりとりを交わしているうちに、最初の予想とは異なる意味で彼を見直すような心地になった。それは僕だけでなく、カヤコもまた同様だったのではなかろうか。

端的に言えば、マゴメトシミツは非常に理知的な人物だった。世界を股にかけてきらびやかなショービジネスの世界で生きている人間というよりも、どこかの大学で演劇論や映画論の教鞭でも執っていそうな、そんなたたずまいの持ち主だったのである。

年齢はメイより三十二歳年長だから今年七十七歳。ただ、外見は、それよりずいぶんと若い。僕とわずか五歳差とは到底思えない容姿だった。メイと一緒に並んでいても父娘というよりは文字通り歳の離れた恋人同士という印象だ。そこまでの若々しさは当然、装着者というのも理由だろうが、それと同時にやはり仕事柄が大きいような気がした。

前妻であるサカモトミレとのなれそめは、娘のニレに会ったときに聞いていた通りだった（母のミレは洋画配給会社の社員兼通訳で、まだ新人俳優だった父親とは業界人が集まるパーティーで知り合った――とニレは語っていた）が、一番驚いたのは、義母となるマレも妻となるミレも結婚後もずっと自分たちがサカモトフキオ博士の娘や孫娘であるのを隠しつづけていたということだった。

「結婚が決まった頃から、ちょうど僕の人気に火が付いちゃって、それで結婚式も親戚や友人、知人への報告も当面控える必要があったんです。芸能人によくある極秘結婚ってやつですね。そういう事情もあって、お互いの親族と顔を合わせるのも親までで、だからミレやお義母さんに口を噤《つぐ》まれてしまうと僕には知る術《すべ》がなかったんです」

結局、あのサカモト博士が義理の祖父にあたると知ったのはニレが生まれたあとだったとマゴメは語っていた。

「父親であるヤマダリンドウ博士のことは、ミレさんはなんて言っていたんですか?」

カヤコが訊ねると、

「ヤマダ先生も、僕たちが一緒になったときはもう写真だけの存在で、詳しい話は聞いていません。京都の大学で植物学を教えていたんだけど、若いときに病気で死んでしまったと言っていました。彼がサカモト博士の弟子で、その後、博士と同じように失踪したという話も、ニレが生まれたあとで知らされたんです。当時はまだ僕も若かったですし、何しろ僕の一方的な一目惚れで、なんとか彼女との結婚にまで漕ぎ着けたというのが実情で、おまけにこっちの都合で式も挙げられないような羽目になって、あまり詳しく彼女の過去を詮索できなかったんです。家族のことは喋りたがらない人でしたから」

マゴメと会ったのは三田にあるメイの自宅マンションでだった。彼は、家は持たずに長年のホテル暮らしで、東京にいるときは週に二、三度メイの部屋に泊まりに来るという生活をつづけているようだった。メイとは十年以上前にテレビCMで共演して、それがきっかけで付き合うようになったのだという。

「マゴメさんの一方的な一目惚れだったんですか……」

カヤコはつぶやき、

「ミレさんのどんなところがそんなに魅力的だったんですか?」

と率直に訊ねる。

マゴメの隣に座っているメイも興味津々の表情で彼の言葉に耳を傾けていた。彼女にとっても今日の話はすべて初耳なのだ。

メイのマンションの広々としたリビングに入り、四人で大きなダイニングテーブルを囲んで着座すると、

「実はね、トシミツの別れた奥さんが、あのサカモト博士の孫娘だってことをカヤコ伯母さんから教えてもらったの。今日、みんなで会うことにしたのは、その話をトシミツから聞かせてもらうのが目的だったわけ」

開口一番、メイは急な会合の目的をマゴメトシミツに打ち明けた。

マゴメの方はそれほど意外そうな顔はせず、そういうことか、といかにもの表情になった。僕の見るところ、メイに聞かずとも雰囲気である程度察しをつけていたような気がする。メイが〝外し屋捜し〟に熱中していることや、カヤコやミイナと共に名古屋までミギワナギサを見つけ出しに行ったことは当然承知しているだろうから、その関連で何か自分にも訊きたいことがあるのだろうと予測していたのではあるまいか。

マゴメは、カヤコの問いに、

「ミレのどこが魅力的だったかですか？　うーん」

と思案顔になり、「なにぶん遙かむかしのことですからねえ」とつぶやく。しばらく間を置いて、

「とにかく抜群に頭がいい人でしたね。僕なんかには到底追いつけないような深さにまで物事を突き詰めて考えられるんです。しかも、あっと言う間に。サカモト博士の孫だと知って、どうりで、と得心したのをいまでもよく憶えています。お義母さんも同じような感じでした」

マゴメはそう言い、

「ただね……」

と小さな笑みを作った。

「なんて言うんだろう。疲れるんですよ、一緒にいると。ちょうど将棋や碁、チェスの名人と一つ屋根の下で暮らしているような感じっていうのかな。しかも、将棋や囲碁に限定されてなくて、あらゆる面で常人を超えた思考力を発揮するんです。記憶力なんて凄すぎて笑っちゃうくらいでしたね。二人でいるとどんどん自分に自信がなくなっていくんです。僕だってこんな商売をやっているわけですから、周囲からは『マゴメさん、さすがに驚異の記憶力ですね』なんて言われていたんですが、ミレのそれは次元が全然違うレベルでしたね」

「だけど、妻と一緒にいるのが疲れるからって、生まれたばかりの娘を捨てる父親なんている？」

そこで初めて、メイが口を挟んだ。

「ほんとに理由はそれだけだったの？」

もっともな質問だ。

「まあ、サカモト博士の直系の家だと知ったのはあったかもしれないね。生まれたのも女の子で、この子も母親や祖母と同じようになるのかと思うと一緒にいない方がいいような気がしたんだ。いまとなっては我ながらよく分からない判断だけど、当時は自分がこの家を去るのが一番正しいような気がしていたよ」

「ですが、ミレさんの方はそんな言い分では納得しなかったのではないですか？」

僕が訊く。

「どうだろう……」

ふたたびマゴメは思案気な表情になり、

「大きな仕事で長いロケが入って、それきり家に戻らなかったんですが、ミレからは何も言ってきませんでしたね。実は、その少し前に喧嘩というか、議論めいたことがあって、お互いの気持ちに距離ができていましたから」

「議論めいたこと？」

メイが言う。

「娘が生まれて一年くらい経った頃にＴｉｍｅｒを着けることにしたんだ。役者としての人気はうなぎ登りだし、長く売れたいという欲も出てきた。せっかく娘も生まれたんだし長生きしなくちゃっていう気持ちもあった。うちの家は父方も母方もがん家系で早くに亡くなる人が多かったからね。

ところが、ミレに相談したら猛反対されたんだよ。これには驚いた。だって、彼女はあのサカモト博士の孫なんだから。僕としては、『そろそろ一緒に着けないか？』って軽い感じで持ちかけたんだけどね」

「ミレさんはなぜ反対したの？」

メイの問いに、マゴメは両手を開くように持ち上げて、「いまでもよく分からないよ」と言う。

「彼女は、そのとき何か言っていませんでしたか？」

僕が訊ねる。

「お義母さんが絶対にダメだと言っているって。その一点張りでしたね。まあ、あとは失踪直前に父親が残した言葉にも引っかかっている感じはありました」

「おとうさんは、ミレなんだよ――っていう言葉ですね」

「そうです。遺言めいたそのセリフが一体どういう意味なのか、僕にはまるで見当がつきませんでしたが、ミレは長年、自分自身に問いつづけていて、彼女なりの理解に達しているようでした。それもあって反対している感じでしたね。Ｔｉｍｅｒなんて装着する意味がないんだってしきりに言っていましたから」

「装着する意味がない――ですか？」

「はい」

ニレの話では、サカモト博士の娘のマレ、その娘のミレともにＴｉｍｅｒを装着しなかったという。ただ、曽孫のニレは装着しているのだ。夫の装着に強く反対したミレは、なぜ娘の装着を許容したのだろうか？　「おとうさんは、ミレなんだよ」という謎めいた言葉について、その後も長く自問を重ね、さらなる「彼女なりの理解」に達して考えを改めたということなのか？

「マゴメさんは、サカモト博士が失踪する前日に娘のマレさんに残した言葉はご存じでしょうか？」

僕の隣に座るカヤコが言った。

マゴメトシミツは小さく頷いて、

「この世界に悲劇なんて存在しない、っていう例のアレですよね」

「はい」

正確には、「マレ、これからの人生で、どんなにかなしいことがあっても、本当にかなしむ必要はない。この世界に悲劇なんてものは存在しないんだから」という言葉だった。

「僕はそれより、サカモト博士が失踪前に書き残した〝揺れるゴンドラ〟という文句の方が強く印象に残っていますけどね」

そこで、不意にマゴメはこちらがまったく知らないことを口にしたのだった。

「揺れるゴンドラ？」

メイがすかさず声を上げる。

「うん」

彼女の反応にマゴメの方が意外そうな様子になった。

「サカモト博士が失踪前に書き残したものがあったんですか？」

カヤコが真剣な声で訊ねる。

「ええ。走り書きみたいなメモなんですが、ミレからもお義母さんからもそのメモのことは聞きましたから間違いありません」

「具体的にはどういう言葉なんですか？」

畳みかけるようにカヤコが訊く。

マゴメは少し顔を上向けて、

「世界は揺れている。この世界は揺れるひとつひとつのゴンドラ……」

ゆっくりとくちずさむ。

「たったこれだけの文句なんですけど、研究室の博士の机に、そのメモ書きが一枚だけ残されていたんだそうです」

マゴメは顔を正面に戻し、カヤコをじっと見つめるようにして言った。

マゴメトシミツの独白

――世界は揺れている。この世界は揺れるひとつひとつのゴンドラ……。

僕はマゴメの口にした言葉を頭のなかで繰り返す。そして、今日まで何度も反芻し、やっとのことで記憶の石板に刻み込んだサカモト博士の言葉と、それとを繋いでみる。

――マレ、これからの人生で、どんなにかなしいことがあっても、本当にかなしむ必要はない。この世界に悲劇なんてものは存在しないんだ。なぜなら、この世界は揺れるひとつひとつのゴンドラでできているのだから……。

さらにヤマダ博士がミレに残した言葉と、これとを合体させてみる。

――これからの人生で、どんなにかなしいことがあっても、本当にかなしむ必要はない。この世界に悲劇なんてものは存在しないんだ。この世界は揺れるひとつひとつのゴンドラでできている。つまり、おとうさんはミレであり、ミレはおとうさんでもあるんだ……。

何かが自分の意識へと舞い降りてくるような、または意識の深いところから浮上してくるような気がした。それは、若い頃にごくたまに感得することのあった特殊な〝感じ〟で、僕は数十年ぶりでその感覚を味わっているのだった。

この味が忘れられなくて、自分は哲学という学問の深みにはまってしまったのだ、ということも同時に思い出している。

揺れるひとつひとつのゴンドラ――マゴメトシミツが「強く印象に残っています」と言ったように、たしかにこちらの方が、サカモト博士やヤマダ博士の失踪の謎を解くキーワードのように僕にも思える。

世界が揺れているというのは、たしかな事実だった。この世界は、「波動力学」や「場の量子論」にもとづき、全体がゆらぎながら（つまり波のようなものとして）存在している。そのことは二十世紀の初頭にはすでに量子物理学の世界で証明されていた。素粒子物理学者であったサカモト博士ならば世界の有り様をそのように表現するのは当たり前の話だろう。だとすると、やはり着目すべきは後段の「ひとつひとつのゴンドラ」の方に違いない。

世界は揺れる「ひとつひとつのゴンドラ」とは、一体いかなる意味なのか？

その意味が分かれば、サカモト、ヤマダ両博士の失踪の理由のみならず、サカモト博士がなぜ娘のマレにTimerの装着をしないよう示唆したのかも、さらには、なぜヤマダ博士が娘のミレに「おとうさんは、ミレなんだよ。このことは絶対に忘れるんじゃないぞ」という奇妙な言葉を残して去ったのかも理解できるような気がする。

それにしても、マゴメトシミツは「揺れるゴンドラ」という言葉の一体どこにそんな強い印象を受けたのか——僕の興味は当然ながらそっちへと向かう。

座にしばらくの沈黙がはさまった。僕がそうであるようにカヤコもメイも、そしてマゴメさえも無言でサカモト博士の言葉を吟味しているふうだった。

「揺れるひとつひとつのゴンドラってどういう意味なんだろう？　トシミツはどうして〃揺れるゴンドラ〃という文句に強い印象を持ったの？」

口を開いたのはメイだった。

僕や、おそらくカヤコも一番に訊ねたかったことをメイは言葉にしてくれた。

「うーん」

マゴメは例によって思案気な表情をつくる。

「その言葉を初めて耳にしたとき、なんとなく理解できると思ったんだよ。そして、この歳まで役者をつづけてみて、なおさらに分かったような気がしている」

「理解できるって、揺れるゴンドラの意味が？」

「ああ」

マゴメは小さく頷いた。

「世界はひとつひとつの揺れるゴンドラ——長年芝居をやっていると、この世界がたしかにそんなふうに思えてくるんだよ」

彼はメイに向けた視線を、今度はカヤコではなく僕の方へと移しながら言った。

「そうなんだ……」

マゴメほどの大俳優にそんなふうにしみじみとした口調で言われると、たとえ恋人のメイといえどもそれ以上は何も口にできないようだった。

「それって、どういう意味ですか？　役者の仕事とサカモト博士の残した言葉とが、マゴメさんのなかではどんなふうに繋がっているんですか？」

臆することなく訊ねたのはカヤコだ。

「うーん」

そこでまたマゴメは考え込むように少し間を置き、ゆっくりとした口調で、

「役になりきるというのが、実は、そういうことなんですよ」

と語り始める。


こういう言い方をするのはとても意外かもしれないんですが、役になりきるというのは、自分以

外の役者が全部、ただの役だと見切ることなんです。そうやって自分の役に集中して、自分だけがホンモノだと信じ切る。それが役になりきる秘訣なのです。逆に言うと、「共演者は全部が役なのだ」と見切れないと自分が役になりきれない。相手（共演者）も自分もホンモノだと思うと、ホンモノの役にはなれないのです。なぜそうなのか？　芝居をやったことのない人には分かりにくいと思うのですが、舞台の上なりカメラの前なりに身を置いて、一緒に芝居をしている共演者のことを、これは役ではなくてホンモノなんだと信じ切ることは不可能です。どうしたって彼らはニセモノ、嘘の存在（役者）だと分かってしまう。そして、そう思った瞬間に自分の役もまた嘘になってしまいます。では、一体どうやれば自身が役ではなくホンモノになれるのか？　どうやったら完全に役に入り込むことができるのか？　そのためには自分だけがホンモノで相手役は全員、架空の存在だと最初から見切るしかない。そうすれば、共演者がニセモノだとしても自分までがニセモノだと思わずにすみます。相手役は誰もがニセモノにもかかわらず、それでも自分だけはホンモノだと信じ切る。要はそういうことなのです。そして、そこに芝居の本当のむずかしさがある。結局、役になりきるという、その〝なりきる〟という意味が肝腎なのです。役になりきるというのは恐ろしく奥が深い。とことん台本を読み込んでいくことでしか役はつかめない。結局、台本のなかに出てくるすべての役が全部自分だと思う——言ってみれば、そういうことです。目の前に何十人の相手役がいても、自分が演じていることは自分のなかでだけ起きている。自分の演ずる役があって、それに相対する別の演者がいる。しかし、それはあくまで形式上のことに過ぎず、実際には台本に登場する全部の役が自分の頭のなかにだけ存在するのです。たとえ自分と絡まない役どころだとしても、その人物も自分のなかに存在している。目の前にいようが、そうでなかろうが、現実に演じている役者たちはみんなニセモノでしかない。だからこそ、自分だけはホンモノとして役を演ずることができる。相手役までも自分自身が飲み込んで、ようやく自分はホンモノの役になりきれる。そうやって、要するに一人芝居をやることが本当の意味で役になりきるということなのです。とどのつまりは、舞台でも映画でもドラマでも、台本を読む、それだけです。そういう点で、演ずるというのは本を読むというのと同じなのです。生身の人間は自分しかいない。物語を読むとき、われわれは主人公と自分を重ね合わせつつ、別の登場人物のこともくっきりとイメージしている。役者の仕事も似たようなものなのです。この世界にはこの役を演ずる自分しか存在しないという、その一点を本気で信じ切れたとき、役に完全に入ることができるのです。サカモト博士の残した、「世界は揺れるひとつひとつのゴンドラ」という言葉には、どこか一脈、芝居と通ずるものがある。たしかに芝居の世界は、役を演ずる自分それひとつしかいない。僕の芝居には僕しかいない。ただ、共演者それぞれも、そこはまったく平等に同じなのです。彼らひとりひとりにとってもその芝居には自分という役者しかいない。そうやって一つの芝居（世界）が、ひとりひとり役に入り切った別々の役者によって構築されたとき、それはもうホンモノもニセモノをも超越した本当にホンモノの芝居に昇華されるのです。

求めよ、さらば与えられん

「じゃあ、役に入り切ったときトシミツ自身はどうなっちゃうの？　いなくなるわけ？」

マゴメの述懐にメイがそんなふうに反応する。

「その役が僕になるんだよ。役がマゴメトシミツそのものってことかな」

「何、それ？」

メイが半分呆れたような声になる。

「じゃあ、トシミツは、演じているときは別人格になっちゃうってことなんだ」

「うーん。そういうのともちょっと違うんだけどね」

マゴメが苦笑いしている。

「結局、誰だって自分という人間を演じているんだよ。ふつうの人たち、たとえばメイだったらタチバナメイという一つの役を生涯、演じつづけるんだけど、僕の場合は台本を貰って役に入るたびにいろんな人間を演ずる。でも、演じているという意味ではメイとちっとも変わらないってことなんだ」

「ふーん」

メイが分かったような分からないような顔になる。

「本当の自分なんて、実は存在しないってことかもしれない。長年、芝居をつづけてきて僕はそう思うようになった。サカモト博士の残した言葉のように、この世界には自分というのっぺらぼうな人間を乗せたゴンドラがひとつあるきりで、それがゆらゆら揺れながら、それこそ書き割りのような平べったい世界をぐるぐる巡ってるだけなんじゃないかな」

「書き割り？」

「そう。舞台によくある例の背景画みたいなものってこと」

「じゃあ、トシミツにとって私は、その書き割りの一部なの？」

「まあね。そして、メイにとっては僕がその書き割りの一部ってことだよ」

「えー、よく分からない」

「僕のゴンドラから見れば、メイのゴンドラは背景画の一部だけど、メイのゴンドラから見れば僕のゴンドラが背景画の一部ってわけだよ。博士の言う、『この世界は揺れるひとつひとつのゴンドラ』っていうのはそういう意味なんじゃないかな。僕にはその感じが何となく分かるような気がするんだ」

「じゃあ、トシミツと私とは別々の世界で生きているということ？」

「まあね。別々の世界であって別々の世界ではないんだろうね、きっと。世界はひとつの舞台であり、ひとつの物語でもある。そこに別々のゴンドラが、それぞれ唯一無二のゴンドラとして参加している。ヤマダ博士がミレに言い残した『おとうさんは、ミレなんだよ』というのは、そういう意味なのかもしれないな」

「そういう意味ってどういう意味？」

「うーん」

マゴメトシミツはまたまた思案気な顔つきになる。

「僕にもよくは分からないけど、父親のヤマダ博士から見れば、娘のミレは書き割りの一部だし、ミレから見れば父親のヤマダ博士が書き割りの一部になる。要するにすべては視点の違いに過ぎないと博士は言いたかったんじゃないかな。視点という意味では自分もミレもまったく同じ存在なのだと」

「視点……」

僕はマゴメとメイのやりとりに興味深く耳を傾けていた。

ミレは、夫のマゴメがＴｉｍｅｒを装着すると告げたとき、「Ｔｉｍｅｒなんて装着する意味がない」としきりに言って、強く反対したという。実際、彼女自身は装着者とはならずにこの世を去っている。

――Ｔｉｍｅｒなんて装着する意味がない。

という判断は、いまマゴメが言ったように、父であるヤマダ博士の「おとうさんは、ミレなんだよ」という言葉を彼女なりに読み解いた末に生み出されたものだったのではなかろうか。

「マゴメさんのお話を伺ってふと思ったのですが……」

メイたちのやりとりに僕は割って入った。

「長年、新しい領域のエネルギー（ＮＤＥ）を研究し、その〝ＮＤＥ効果〟を利用してＴｉｍｅｒを作ったサカモト博士や、その弟子であるヤマダ博士は、Ｔｉｍｅｒ開発後にＮＤＥに関してさらなる新しい知見を得たのではないでしょうか？　マレさんやミレさんに残した言葉や、サカモト博士の研究室の机上に残されていた『揺れるゴンドラ』というメモ書きはその新しい知見から導き出されたもので、その新しい知見に従って彼ら自身も行動した。つまり姿を消したと……」

「私もそんな気がする。これまでずっとサカモト博士は永遠のいのちが欲しくて失踪したんじゃないかって疑っていたけど、いまの話を聞いて、私もカズマサさんの言うようにサカモト博士たちは何かこの世界の決定的な仕組みを見つけ出して、それでＴｉｍｅｒの装着から逃れる道を選んだのかもしれない」

カヤコが同調する。

そんなカヤコの顔を僕は見つめた。強い興味関心を抱いたときいつもそうなるように彼女は頬を紅潮させ、瞳を輝かせている。その表情は、彼女がまだ若かった頃、僕と知り合うずっと以前を彷彿させるものでもあった。

「カヤコ伯母さんは、どうしてミギワナギサやサカモトフキオたちを見つけ出したいんですか？

メイがそうであるように、やはりＴｉｍｅｒの時限設定を解除するのが目的なんですか？」

今日初めて、マゴメトシミツの口から質問の言葉が出た。「カヤコ伯母さん」と彼に呼ばれてカヤコは少し照れ臭そうな面持ちになる。

「それもあると言えばあります」

カヤコが言った。

「このカズマサさんを残して死にたくないんです。ひとりっぽっちで死ぬのは私の方がずっと向いている気がするものですから。ヘンな話なんですが、この半年くらいでいろんなことが分かってきていて、私には見えるんです。私が死んだあと、カズマサさんがひどく苦しんでいる姿が。できれば一日でもいいから私の方があとから死にたい。でも、理由はそれだけじゃありません。私のＴｉｍｅｒの時限設定は来年の五月十八日です。その日が来たら私は一体どこへ行くのか？　それともどこへも行かずにＴｉｍｅｒと共に消滅してしまうのか？　そんなことは死んでみれば分かることじゃないかって言われそうですが、私はそうじゃないような気がしているんです」

そこで、カヤコは一度言葉を止めて、何かもっと正確な言葉を探るような顔つきになる。カヤコがよく見せる癖だった。

「そうじゃないような気がしているんじゃなくて、そうじゃないような気がしてきたんです」

カヤコは自分の胸に右手を当てる。これは最近よくやる仕草だった。

「死後の世界への道というのは、それがあると信じる人にだけ開かれる――そんなふうに思うようになりました。神だの天国だの地獄だのを本気で信じたことなんて一度もなかったし、どうしてそんなものを本気で信じられる人がこの世界に大勢いるんだろうって不思議でした。でも、最近、そうじゃないかもしれないって感じるようになった。もっとはっきり言えば、このＴｉｍｅｒがそうじゃないって言っているのが分かるんです。死ぬというのは旅行のようなものなのかもしれない。もしそうだとしたら、いまの私には旅のプランどころか目的地のおおまかな見当さえついてない。旅に出る準備がまったくできていないわけです。だけど、たとえそれが間違った場所や方向であったとしても、まずはどこに行くのか心づもりをしないことには最初の一歩が踏み出せない。求めよ、さらば与えられん。そういうことなんじゃないかと……。死後の世界へ行くには嘘でも本当でもともかく、〝あっち〟に行くっていう意志が必要なんじゃないか。そして、神だとか天国だとか地獄だとかを信じるというのは、そうしたとりあえずの意志を持つには最も手っ取り早い方法なんじゃないかー—そんな気がしてきたんです。だから、これほど科学技術が発達した時代であってもいまだに宗教というものが根深く生き残っているんだって、私は妙に納得した気分になりました。胸のＴｉｍｅｒが言っているんです、『カヤコさん、Ｔｉｍｅｒが消滅したあと、あなたがどこかに行けるかどうかはあなた自身の気持ち次第だよ』って。だったら、これから自分が一体どこに行くのか私なりの目星をつけたいと思って、それで、その秘密を知っている可能性があるサカモト博士やヤマダ博士、ナギサ先生にぜひ会ってみたいと思うようになったんです」

とカヤコは言った。

「この僕」

年末にひどい風邪を引いた。新型のインフルエンザが流行しているというニュースには接していたが、カヤコの〝外し屋捜し〟に付き合っているうちにすっかり意識の外になっていた。もとからインフルエンザには弱い体質だ。流行が始まると三度に二度は罹《かか》っていたので、数年ぶりの今回も本来ならもっと警戒してしかるべきであった。

大晦日の日に熱が急上昇し、元日の午後、和鹿公園の近くにある総合病院の救急外来に駆け込んだ。肺炎と診断されて、年齢が年齢だから即入院となり、さっそく点滴治療が始まった。だが、熱はなかなか下がらなかった。

カヤコはつききりで看病してくれた。装着者の彼女に感染の心配はない。僕の病室に簡易ベッドを持ち込んで寝泊まりしながら面倒を見てくれた。

「これで、もう無理に外し屋を見つける必要はないかもね」

熱に浮かされて弱音を吐くと、

「こんな風邪くらいで馬鹿なことを言わないで」

一蹴されたが、実際、一時は生命があやぶまれるほど肺の炎症は悪化していたのである。なんとか持ち直したのは入院から一週間後。正月気分もすっかり薄れて世間は日常を取り戻しつつあった。その日からカヤコは自宅に帰った。せっかく気運が高まっていたカヤコの〝外し屋捜し〟が、この入院で水を差される恰好になったことを僕は申し訳なく感じていた。こんな体たらくでカヤコの大事な時間が削られていくのは忍びなかった。

カヤコが帰った晩から奇妙な夢を見るようになった。内容はさまざまだったが、どれも自分が虐げられる夢だった。そういう種類の夢を見たことはほとんどなかったので、目覚めるたびに後味の悪さにしばらく気が滅入ってしまった。

子ども時代に姉や級友たちからいじめられたり、留学先のドイツで人種差別を受けたり、はたまた付き合っている彼女やその友人たちに小馬鹿にされたりといったたぐいの夢だった。似たような経験があったとはいえ、夢のなかで浴びる屈辱は非常に大袈裟なものだった。

幼少の頃、五つ上の姉に無理やり女の子の格好をさせられ、そのなりで姉の友達たちのもとへと連れて行かれてあれこれさせられた。そういうことが小学生に上がるまで続いて、これは僕にとっては耐え難い記憶でもあったのだが、とっくに忘れていたはずの屈辱感が夢のなかでは当時を取り戻すようなリアルさで再現され、目覚めたあとも悔しさと怒りで身体が震えるほどだった。姉とはずっと不仲で、というのも彼女は父の再婚相手の連れ子で血がつながっていなかったのだが、僕が大学進学で実家を出たあとは一切付き合いがなくなった。父や継母との関わりも極力避けてその後の人生を歩んだから、正真正銘、僕がこころを許すことのできた相手はヒロコひとりだったのだ。

幾つもの不快な夢のなかでもとりわけ苦しかったのは、むかし自殺した同僚（彼は近代文学を教えていた）に成り代わって自分が、自殺の原因となったとある女学生に追い詰められていく夢だった。同僚がなぜ死んだのか、真相は藪の中だったのだが、夢のなかでは自分がその同僚になっているのだから、そこで初めて彼女が何をしたのかが分かった。むろんそれが事実だという証拠はないが、僕（というより彼）にはマゾヒズムの性癖があったようで、彼女に、自慰行為をはじめとしたさまざまな痴態を撮影させていたようだ。別れ話が持ち上がったときそこを衝かれて、彼はさんざんに脅されたのだった。

教員仲間との付き合いがほとんどなかった僕にとって彼は例外的に親しかった相手で、ヒロコを亡くしたあとの虚無を少なからず埋めてくれた人だった。女性関係は派手で、僕にも何人か紹介してくれたが、誰とも付き合わなかった。そんな彼が、学園でも札付きと目されていた女学生と深い関係を結んだ。彼女はいろんな学生や教員と浮名を流していたが、死にまで追いやったのはその彼だけだった。そして、彼が死んだあとも平気な顔で大学に通い、卒業まで多くの男たちを誘惑しつづけた。いまも彼女は健在だ。国会議員の妻となり、夫君は何度かの閣僚経験ののち衆議院議長の座におさまっている。

どうして死んだ同僚が夢に出てきたのか、まして、自分が彼になってしまうなど訳が分からなかった。ただ、すでに半世紀の時間が過ぎ、もはやその存在を思い出すことさえなくなっていた相手ではあったが、なぜ彼があんなことで死んでしまったのか自分は長年にわたって疑問に思いつづけており、それは、数多ある僕にとっての人生上の謎のなかでも最上級のものとして保存されていたのだと改めて気づかされた。

年末に聞いたマゴメトシミツの話が呼び水になったのは確かだろう。加えて、思いのほか深刻化した病状のなかで、幾度か死について真剣に考えたのも自分が彼になってしまった原因に違いないと思われた。

僕たちが自らの死を想像するとき、何より恐ろしいのは「この僕」の消滅である。「この僕」が消えることを想像するとほんとうに哀切な気持ちになる。「この僕」の消滅はつらく、さみしく、そしてむなしい。それは暗闇に引きずり込まれるような待ったなしの恐怖だ。そうやってつらく、さみしく、むなしく思うことができなくなるということこそが、「この僕」の消滅の最大の恐ろしさでもある。

だが、少し冷静になって振り返ると、その恐怖の別の側面が見えてくる。

ちょっと待てよ。じゃあ、自分は一体どうやって「この僕」と出会ったのか？　それはいつで、どんなきっかけだったのか？

まったく記憶にはないが、僕たちはそのことを直感的に理解している。

そうなのだ。ある日、僕は突然、「この僕」になった。実人生をせっせと生きる僕を見つめるもうひとりの僕――それが「この僕」の正体である。つまりは視点なのだ。僕はこの視点を与えられて「この僕」となった。では、他の人々はどうだろうか？　イエス。彼らもまたある日、「この僕」となった。結局、僕はある日、突然、何の理由もなく「この僕」になり、周囲の人たちもそれぞれある日、急に「この僕」になったのだ。だとすれば、僕はまたある日、突然に「この僕」になるのだろう。たとえ、「この僕」が消滅したとしても、僕はまた「この僕」として目覚める。世界はそうやって「この僕」になった人々であふれているし、それは世界が存続する限り延々とつづいていくのだ。皆が皆、それぞれの視点に過ぎず、その視点はいきなり理由もなく付与される。そしてある日、シャットダウンする。だが、おそらくはすぐにどこかで再起動して、また「この僕」となる。悲しんだり、喜んだり、楽しんだり、苦しんだり、憎んだり、愛したりする「この僕」になる。そういう喜怒哀楽は「この僕」に共通する特性だからだ。というより、「この僕」にあるのはその特性（機能）だけと言ってもいい。早い話、「この僕」はたったひとりとも言い得るのだ。

　マゴメの言っていた「役」の話やサカモト博士の書き残した「ひとつひとつのゴンドラ」というのは、「この僕」と同じようなものなのだろう。

　世界はそうした「この僕」（役やゴンドラ）によって構成された無数の世界の寄せ集め、いわば、カヤコの作るキルトのようなものなのだ。唯一確かなことは、「この僕」は常に存在しているということだ。そして、たとえ「この僕」が消滅しても、また新しい「この僕」が必ず生まれてくるということなのだ。

退院が決まったのは二月に入ってすぐだった。退院日は二月七日。それまでの一週間は歩行訓練などのリハビリに充てられることになった。ベッドに張り付くような生活が一カ月もつづき、足元がおぼつかなくなっていた。まともに歩けない状態で病院を出るのは危険だと判断されたのだ。肺炎の方は完治し、レントゲンもＣＴの画像もきれいになっていた。

退院の前日、一カ月の入院の間に増えたこまごまとしたものを回収するためにカヤコがやって来た。ちょうど僕が午前のリハビリから帰ってくると、彼女は片付けの最中だった。

「ねえ。びっくりすることがあったよ」

彼女は大きなキルトのバッグにティッシュペーパーや食器類、毛糸の帽子やマフラー、それに写真立て（うーちゃんの写真）などをしまっていたが、ふと手を止めてベッドに座った僕に言った。

「びっくりすること？」

「そう」

それからカヤコは一つ大きな息をついてみせた。

「アサヌマさんが亡くなったの」

思いもよらぬ言葉だった。

「どうして？」

それはそうだろう。装着者のアサヌマさんが亡くなるなんてあり得ない。

「事故？」

可能性があるとしたら交通事故や火事、もしくは犯罪に巻き込まれたか、だ。

「違うの。チェンジングハウスで亡くなったんだって」

カヤコは言い、

「彼女、ほんとは私と同い年だったみたい」

と付け加えた。

それが分かったのは昨日だったという。僕の入院騒動で無沙汰になっていたアサヌマさんに新年の挨拶をしようと連絡したところ、彼女のスマートフォンが使用停止になっていたのだ。怪訝《けげん》に思ってカヤコは管理組合の理事長のところへ電話した。うちのマンションのカードキーは居住階以外の階にはエレベーターが止まらないので、電話が不通だからとアサヌマさん宅を直接訪ねるわけにもいかないのだった。

理事長から、アサヌマさんが年明けにチェンジングハウスで最期を迎えたという事実を知らされた。

「ミタムラさんはご存じなかったんですか……」

二人が親しいと知っている理事長は意外そうな声を出したという。

「どなたかハウスには同伴されたんですか?」

カヤコが訊ねると、

「妹さんが一緒に行ってくれるとおっしゃっていました」

そう言う理事長も、アサヌマさんのチェンジングハウス行きを知らされたのは、彼女が亡くなる前日のことだったらしい。

「彼女のお部屋はどうなったんですか？」

「翌日には業者がやって来て、アサヌマさんの私物は全部持って行ってしまいました。いまは空き部屋です。まあ、そのうち妹さんなりが処分する、という算段なんでしょうね」

「そうですか……」

カヤコは茫然とした心地で電話を切ったのだという。

ぱんぱんに膨れたキルトのバッグを抱えてカヤコがタクシーで帰ったあと、僕は、唐突なアサヌマさんの死について考えた。あんなにあけっぴろげでからりとした性格の彼女が、なぜ三歳も年齢を偽っていたのだろう？　なぜ最後まで嘘をつき通して、親しかったカヤコに何も告げずに去って行ったのだろう？　「どうしてもあと五、六年は生きたい」といつもこぼしていた彼女は、一体どんな気持ちでチェンジングハウスへと向かったのか？

——そういえば、彼女が長生きしたいと言っていた理由は一体何だったのだろう？

何か相続にまつわる込み入った事情だった気がするが、こうして詳しく思い出そうとしてみるとまるきり何も思い出せなかった。

僕はしばらく記憶の糸を手繰りつづけ、何の収穫も得られずに諦めた。

どうでもいいや、と思ったのだ。

そんなふうに亡くなったばかりの友人のことを突き放して眺めるのは、考えてみれば生まれて初めてのような気がした。

とどのつまりは、アサヌマさんは僕にとって「ほんとうに親しい者」ではなかった。肺炎で死線をさまよい、やっとのことで退院に漕ぎつけたばかりの自分にとって、「ほんとうに親しい者」以外の人たちはもはや心底どうでもいい存在なのだ、とくっきりと感じた。理屈ではなくて、それは心身一如において得られた真っ直ぐな実感でもあった。

いつぞやカヤコが言っていた通りだった。もうこの世界には僕とカヤコしかいない。そして、そのどちらかが死んだとき、僕たちの世界は終わりを迎えるのだ。

ヘンな流れ

僕の入院期間中、カヤコは〝外し屋捜し〟について手を拱《こまね》いていたわけではなかったようだ。

二月も半ばを過ぎ、体力もようやく元に復したところで、彼女は僕に豊臣市行きを持ちかけてきたのだった。

「みんなでナギサ先生を捜しにいくんだね」

今回はさすがに僕も誘ってくれるわけだ、と思いながら確かめると、

「ナギサ先生捜しは、もういいの」

彼女の口から意外な言葉が飛び出した。

「どういうこと?」

「今回はカズマサさんとふたりだけで行くつもり。メイたちは誘わないの」

「ふたりだけ?」

「そう」

カヤコが頷く。

「だけど、年が明けたらナギサ先生を捜しに豊臣市に行こうって言い出したのはカヤちゃんだったんだよ。年末に会ったときも『一月半ばくらいにしようってミイナと話してるから』ってメイちゃんが言っていたじゃない。それを急に僕たちだけで行くなんてヘンでしょう」

「その件は、カズマサさんの入院でペンディングになっているから別に気にしなくていいんだよ。それに私たちはナギサ先生を捜しにいくわけでもないんだし」

僕にはカヤコが何を考えているのか分からなかった。ミギワナギサを見つけ出す以外の目的が豊臣市行きにあるとも思えない。

「だけど、僕たちだけで豊臣市に行って何をするの?」

当然の疑問を口にする。

「豊臣市に行っても、ナギサ先生はきっと見つからないよ。先生だって、もし私たちに会うつもりならあんなことはしなかったはずだしね。だけど、豊臣市にＴｉｍｅｒの時限設定を解除するために必要な何かがあることを彼女は、あの青いバンダナを使って伝えようとしたんだと思う。だとすれば、豊臣市で私たちが訪ねるべきは彼女のところではなくて、もっと別の場所なんじゃないかと思う」

「別の場所？」

「そう」

カヤコがまた頷く。

「それでね、私、年が明けてすぐにニレさんのところへ行ったの。マゴメさんと会った話も伝えたかったから」

「ニレさん？」

年明けといえばカヤコは病室に泊まり込みで看病してくれていた頃だ。一体いつ、ニレに会いに行ったのだろうか。

「昼間、あなたはずっと眠っていたし、それに病院からだと彼女の家はすぐ近所だから」

こちらの疑問に蓋をするようにカヤコが言う。確かに病院は、クレイシニレの住む「東都大学先端科学研究センター」とは目と鼻の先の場所にあった。

それにしても、カヤコの言う「別の場所」とニレに会いに行くことがどう繋がるのか？　僕には筋書きがまるで読めない。

「ニレさんに、その場所に入るための便宜を図って貰おうと思って、お願いに行ったわけ」

豊臣市の「その場所」——ようやく点と点が結ばれてくる。

「じゃあ、まさか……」

僕がつぶやくように言うと、

「そう。ふたりで爆心地に入るのよ」

カヤコが言う。

ニレの夫のクレイシジュン博士は先端科学研究センターの副所長だ。博士のコネクションを使えば、豊臣市の爆心地に入ることは可能かもしれない。

「私とカズマサさんの通行許可証を作ってくれるようニレさんにお願いしたの。三日前に彼女から電話があって、来週の初めには用意できるって」

ミラクル・ベイブが爆発した豊家川河川敷をはじめ世界各国に散らばる豚の爆発地点（爆心地）はそれぞれの政府の厳重な管理下に置かれていた。爆心地周辺は高いフェンスで囲われ、関係者以外の立ち入りは厳しく制限されている。表向きの理由は、どの爆心地もいまだに「時空の歪みが残存しているため」とされているが、実態がどうなのかは分からない。

新しい領域のエネルギーに関しては著しい情報統制がかかっているうえ、そのエネルギーの〝天然の解放区〟である爆心地は、なかでもトップクラスの「厳秘」が貫かれているのだ。

爆心地の総数は世界中で三十七カ所。日本では豊家川河川敷（「爆心地ゼロ」と呼ばれている）が唯一の爆心地だった。

「だけど、ニレさんは一体どんな名目で僕たちの通行許可証を申請したんだろう？」

爆心地ゼロにはサカモト博士が中心となって建てた古い研究施設があるはずだった。いまも、そこで働いている職員もいると思われる。だが、その施設が一体どれほどの規模で、現在はどのような研究が行なわれているのか、そうした詳細は一切明らかにされていない。

「爆心地には研究棟があって、そこにクリーニング屋さんが一軒入っているんだって。で、私たちはそのクリーニング屋の店番として入ることになったみたい」

「え」

思ってもみないような話がまたもやカヤコの口から飛び出す。

「なに、それ」

「ニレさんによると、研究棟に長年入っていたクリーニング屋さんの御夫婦が家族の事情で一カ月ばかり留守にすることになったんだって。で、ちょうど短期で入ってくれるアルバイトを探していたらしくて、その件をクレイシ博士が聞きつけて、それだったらゲストとして一日限りで入るよりそっちの方がいいんじゃないかって話をつけてくれたみたい」

聖域化している爆心地の施設にクリーニング屋が入っているというのもなんだか気抜けする話だ

し、厳秘中の厳秘のはずの爆心地にアルバイト扱いで簡単に潜り込め、しかも、僕たちのような老夫婦が一カ月も滞在できるというのもあまりに出来過ぎた話のようでもあった。

「だけど、クリーニング屋なんて僕たちにできるんだろうか?」

「全然大丈夫。受付だけすればよくて、あとは全部クリーニング・マシーンがこなしてくれるらしいから」

「そうなんだ……」

だったら、わざわざそこで働く人間など不要なのではなかろうか。家族の事情で一カ月留守にするという、店で長年働いてきた夫婦は、普段は一体何をやっているのだろう?

「なんだか、ちょっとヘンな流れだと思わない?」

そこで、カヤコが意味深な表情になった。

「ヘンな流れ?」

「うん」

例によって彼女の瞳に好奇心の鮮やかな火が灯っている。

「ニレさんと会うことができてからこっち、不思議な成り行きがつづいているでしょう。彼女がこの和鹿市に住んでいたのもそうだし、実の父親があのマゴメトシミツさんでメイの彼氏だったのもそう。ナギサ先生の青いバンダナの件もそう。そして、今度はクレイシ博士の手引きで、爆心地ゼロのなかにふたりで潜入できる。しかも大手を振って一カ月間も。こんなことって普通だったらあり得ないと思うんだけど」

「確かに」

僕もいま似たようなことを感じていたから、カヤコが同じ思いだと知ってホッとする気分だった。

「確かに奇妙な成り行きだと僕も思うよ。なんだかヘンだよ、これって」

「でしょう」

カヤコはテーブルの向こうからちょっと身を乗り出すようにして言う。

僕たちはいま、例の行きつけの喫茶店で向かい合って座っている。カヤコはコーヒー、僕はココア。こうしてこの店でお茶するのは退院後初めてのことだった。

「何かが動いているんだよ。だから、爆心地ゼロに行けば、きっと私たちが知りたかったことが分かるんだと思う」

カヤコは右手を自分の胸に当てるいつものポーズを作って、確信めいた口吻《こうふん》で言う。

「爆心地ゼロ」へ

二月最終週の月曜日、僕たちは新幹線と在来線、それにタクシーを乗り継いで爆心地ゼロに入った。和鹿市のマンションを午前九時に出発して、爆心地ゼロの研究施設内にあるクリーニング店に身を落ち着けたのが午後三時。クリーニング店は施設の一階にあり（職員食堂の隣）、店の奥に居住用のスペースが作られている。六畳の和室と十畳ほどのダイニングキッチン、それに六畳ほどの洋間で、ここがベッドルームだった。洗面所や浴室など水回りも整っている。先住夫婦の荷物はどういうわけかきれいに片づけられ、生活に必要な日用品のみがそれぞれの家具や収納のなかに残置されていた。

いまどき畳の部屋があるというだけでいかに古めかしいかは分かるというものだが、実際、豊家川沿いに建つ研究棟自体が古色蒼然という言葉がぴったりなほど古かった。何しろ現在ではめったにお目にかかれないレンガ・タイル張りの建物なのだ。ただ、規模は大きい。一棟きりではあるが、地上十五階、地下二階で各フロアの床面積も相当なものだった。職員数も二百名を超え、家族を入れると四百名近くが常時在籍し、十階から十五階部分が職員住宅になっているという。そういう施設の説明を買って出てくれたのは、厳重な警備が行なわれているゲート前でタクシーを降りた僕たちを専用カートで迎えにきてくれた庶務課のロボット君だ。胸に刻まれている番号は「ＲＤ３０１」。

「何とお呼びすればいいですか？」

僕が訊ねると、

「みんなマルイチ君と呼んでいます」

と返事してくれた。で、このマルイチ君が一階の庶務課の応接スペースで施設の図面を見せてくれながら、大体のことを教えてくれたのだった。

「二百人も職員がいて、みなさんどんな研究をされているんですか？」

カヤコが訊くと、

「いろいろですね」

マルイチ君は言葉を濁した。

「爆心地の時空が不安定だというのは本当ですか？」

という僕の問いには、

「それは事実です。ミラクル・ベイブが爆発した地点は、完全オフリミットです。いまでも時空がかなり歪んでいますから」

幾らか厳しい声色になって答える。ただ、

「ここの動力源は全部、その天然のNDEを導入することで賄われています」

と付け加えることもマルイチ君は忘れなかった。

「天然のNDEですか……」

「はい。まさしく純度百パーセントのエネルギーですね」

その口調はちょっと誇らしげにも聞こえる。

当日はクリーニング店のシャッターも閉まり、「店休日」の札も下がっていた。僕たちは旅装を解き一晩ゆっくり過ごして、翌日から店を開けた。店の運営方法もマルイチ君が丁寧に教えてくれたが、職員やその家族たちが持ち込む洗濯物はすべて店の横の倉庫内（職員食堂と反対側）に据え付けられた巨大なクリーニングマシーンに放り込めば、ウエットもドライも染み抜きも、さらには折り畳みとラッピングまですべてこなしてくれる。僕たちは店の窓口で汚れものを受け取り、出来上がった洗濯物を渡すだけでよかった。決済はすべて顧客の光彩認証で行なわれたので支払いの手間もない。

これならそれこそロボットに任せれば済むような話だが、

「でも、こんな単純作業に優秀なロボットを回すのって無駄だよね」

カヤコにそう言われてみて、なるほどそれも一理あると僕は納得したのだった。

だが、実際に店番を始めてみると大層忙しかった。単なる洗濯物の受け渡し作業なのだが、とにかく客の数が半端ないのだ。次から次へと人がやって来て、「なんでこんなに？」という量の衣類を持ち込んでくる。数日経って呑み込めたのは、この研究施設の住人たちの部屋にはどうやら洗濯機がないらしいということだった。ただ、下着は含まれていないため、何人かの客に確かめたところ、それらはさすがに家で洗っているようだった。

「でも、洗濯機がないんでしょう?」

と言うと、

「はい。なのでみんなたらいを使って手洗いしているんです。家にはベランダもないので、洗った下着は部屋干ししています。不便ですよね」

客たちは異口同音にこぼしていた。

マルイチ君に、なぜ洗濯機が各住戸に備え付けられていないのか訊ねてみた。

「ずっとそういう要望は職員たちから出ているんですけど、何しろ当局の許可が下りなくて」

彼も困惑気味に言うばかりだった。

「ずっとってどれくらい?」

「この研究棟はできて百年余りなんですけど、それくらいです」

呆れるような言葉が返ってきた。

僕たちの食事は、三食全部、隣の職員食堂で済ませるしかなかった。自炊しようにも食材の調達が不可能だったのだ。何しろこの爆心地ゼロの敷地内には食材を扱っている店が一軒もない。ネットの宅配も禁止だった。他の職員やその家族たちも全員が食堂を使っているのだという。それもあってか、職員食堂は巨大だった。ちょっとした体育館くらいの広さで、見渡す限り椅子とテーブルが並んでいる。

「これじゃ、まるで刑務所だ」

マルイチ君に僕が言うと、

「まあ、似たような側面は無きにしも非《あら》ずですね」

彼もあっさり認める始末だったのである。

爆心地ゼロに入って、いきなり驚くような変化に見舞われた。

あらゆる人の姿が骸骨に見えるようになったのだ。それも、これまでだったら本来の容姿がまずはぼんやりと見えて、透けるように体内の骨格が覗けるという具合だったのだが、この爆心地では、マルイチ君などロボット職員以外の職員たちが全部、ただの骸骨にしか見えないのだった。顔立ちや肌の色、髪の長さや色もほとんど判別できず、人種や性別、年齢などは持ち込まれた洗濯物の種類や相手の声色などで察しをつけるしかない有様だった。

「これってやっぱり新しい領域のエネルギーのせいなのかなあ」

何しろ天然のＮＤＥがすぐ近くで放出されているのだ。理由はどうであれ、そんなふうに当たりを付けてもおかしくはなさそうだった。

「というより、時空の歪みがそうさせているのかも……」

カヤコに言われて、これもなるほどという気がした。

マルイチ君の話でも、ミラクル・ベイブが爆発した地点（ポイント・ゼロ）はいまだに時空がかなり歪んでいるのだという。ならば、その時空の歪みがこの研究棟にまで波及していたとしても不思議ではないだろう。

ここに来て一週間ほど過ぎた頃、一度だけだがカヤコが骸骨に見えたことがある。見え方は、ここに来る以前と同じで、彼女の服装や顔立ちはそのままに骸骨が透けて見えるような感じだった。

「カヤちゃん、ひょっとして僕のことも骸骨に見えてるんじゃやない？」

カヤコの骸骨は初めてだったので、僕はそんな気がして訊ねてみた。

「もしも、そうなら遠慮なく言ってね。別に気にしないからさ」

「カズマサさんはちゃんとカズマサさんに見えるよ」

「そうなんだ」

と言いながら改めてカヤコを見ると、元通りになっていて、それ以降は、彼女が骸骨に見えることはなかった。

焚き火

クリーニング屋の営業時間は午前八時から午後六時。店休日は月曜日だった。

　僕たちは毎朝六時に起き、職員食堂で朝食を済ませると開店の準備を始める。倉庫のクリーニングマシーンを簡単に清掃し、マシーンの吐き出し口に大量に積まれている包装済みの衣類を店に運んで、受取日順に店内のハンガーや棚におさめる。この作業が意外なほど大変で、慣れない最初は開店時刻になっても整理がつかなくて、受け取りに来た客を待たせることもあった。一週間が経ってようやく、店を開ける頃にはきっちり仕分けができるようになったのだった。

　昼休みは午後一時から二時の一時間。そのあいだに昼食をとり、残りの時間はお茶を飲んだり、お菓子をつまんだり、文字通り休憩に充てる。何しろ引きも切らずに客が来るから朝からてんてこ舞いで、昼休憩に入る頃には二人とも疲れ切っているのだった。お菓子や飲物類は職員食堂の中にある売店で購入することができた。といっても種類は限られている。

　それにしても、ここにいる職員や家族はよくこんな不便な生活環境に耐えているものだと感心させられる。

営業が終わると店を閉め、夕食を食べて部屋の風呂に入る。午後八時過ぎには自由な時間が手に入るのだが、それから何かするというわけにもいかない。外に散歩に出ても建物の周囲は荒漠たる草地で、遠くに川音が聞こえる豊家川へは道らしき道もなかった。一緒にテレビでも観て、午後十時過ぎには就寝する。

滞在一週間後の月曜日の早朝、ふたりで外に出てみた。

草むらを踏み分けるようにして川の方へと十五分ほど歩くと、三メートル以上の高さの金網のフェンスに行き当たった。どうやらそのフェンスの先が「ポイント・ゼロ」のある河川敷のようだった。フェンスの途切れる地点を目指してさらに川下方向へ歩いてみた。川音から察するにフェンスは川の流れに沿う形で敷設されているようだった。

三十分以上歩いても途切れるでもなく、川の方へと切り込むようなこともなかった。

どうやらこのフェンスは、河川敷に人が侵入するのを広範囲にわたって阻んでいるらしい。僕たちは足を止め、フェンスの向こうへと目をやる。こちら側と同じような草むらがずっと先まで広がり、水の気配も河川敷を風が渡る気配も感じ取ることはできない。

「だけど、こんな金網フェンスってヘンじゃない？　それに監視塔もなければ警備員がいるわけでもない。防犯カメラや警報装置も見当たらない。これじゃあ、この金網を破りさえすれば、自由に河川敷に出入りできるってことでしょう」

カヤコが言った。

僕もまったく同感だ。

ポイント・ゼロは「完全オフリミット」だとマルイチ君は胸を張っていたが、こんな錆びついたフェンスがあるだけでは「完全」とはほど遠い。それとも、このフェンスはトラップで、実際に向こう側へ踏み込もうとするとあっという間に警備員が駆けつけるなり、どこかから銃弾が飛んでくるなりするのだろうか。だが、そんな罠を張っていたずらに侵入者を煽る理由があるとも思えない。

「何だか、とうとう世界の端っこにたどり着いたって感じがする」

人っ子ひとりいない原っぱをぐるりと見渡しながらカヤコは独りごちる。

「もう帰りましょう」

そして、ぼそりと言った。

翌々週の月曜日。僕たちは昼過ぎに出発した。前回と同じように豊家川を目指したが、今日は二人とも大きなリュックを背負っていたし、靴もハイキング用の頑丈なものに履き替えている。

僕のリュックのなかにはフェンスの金網を切断するためのワイヤーロープ・カッターも忍ばせてあった。

爆心地ゼロに入ってちょうど三週間。ほんとうは先週決行するつもりだったのだが、あいにくの大雨で予定が延びてしまったのだ。今日は絶好の晴天だった。三月に入って気温もぐんと上がるようになった。予報では日中の気温は二十度近くまでいくらしい。それもあって僕たちは薄い上着に切り替えている。ただ、リュックにはテントや寝袋、ダウンジャケットも詰め込んできた。あとは夕食用のパンやソーセージ（大豆由来）、チョコレートやキャンディー。むろん飲料水も持参している。とはいえ、河川敷で一晩過ごすだけなので、それほどの量は必要なかった。この歳になると飲むのも食べるのもほんの少しで事足りる。大事なのは防寒だけなのだ。

二週間前と同じように金網フェンスまで歩き、同じように川下に向かって歩く。今回は十五分ほどで足を止めた。リュックから小さな双眼鏡を取り出して周囲をチェックする。どこにも人の姿はなく、建物らしきものもない。

「このあたりでいいよね」

僕が言うと、カヤコが無言で頷く。

ワイヤーロープ・カッターを取り出して、人ひとりが通れるほどの穴を金網に空けた。そこをくぐってフェンスの内側へと入る。

内側の草を踏んだ途端に川音が倍くらいの大きさになった。ポイント・ゼロに近づいたのを肌で感じる。三十分ほど川の方角に向かって真っ直ぐに歩くと雑木林にぶつかった。この林をつききると再び草地に戻ったが、五分も歩かないうちに広い河川敷にたどり着く。遠くには川の姿が見える。豊家川だ。

河川敷は緩やかな窪地になっていた。こちら側から下りの傾斜が始まり、川の手前あたりで上りの傾斜に変わっているのが分かる。かなり大きな「クレーター」とも表現できた。

「あの真ん中のあたりがポイント・ゼロだね」

カヤコが指さして言う。

「そうだね」

僕は数百メートル先の窪地の底を見つめながら頷いた。

「まずは行ってみましょう」

カヤコが先に立って斜面を下っていく。

丸いクレーターの中心と思《おぼ》しき場所で僕たちはリュックを下ろした。

「なんだか……」

カヤコがつぶやくように言う。

「何にもないね」

「そうだね。いくらオフリミットとはいえ、モニュメントくらいあるのかと思ってたよ」

「ほんと。私もそう思ってた」

「でも、間違いないよ」

「分かってる」

カヤコも同意する。

あのミラクル・ベイブが爆発したのはこの場所だった。根拠はないが、直感が教えてくれている。

僕たちは、こうしてここに来るために豊臣市を訪ねてきたのだ。窪地は一面の芝生だった。芝はいまはすっかり枯れてしまっている。僕はリュックからテントを取り出して組み立てた。風も弱く、作業は難なく終わる。一晩とはいえキャンプなんて何十年ぶりだろう？　留学中はキャンプ好きのドイツ人たちと一緒に、休みとなればいろいろな森や湖にキャンプに出かけた。日本に戻ってきてからはヒロコとたまに行っていた。ヒロコの死後、そんなことはなくなった。

テントのなかにそれぞれのリュックをしまうと僕たちは薪《まき》拾いに出かけた。

途中にあった雑木林には山ほど枯れ枝が落ちていたから、あれを持参のロープで束ねて運んでくればいい。そういうところも、今回の爆心地訪問は細かい部分まで好都合に進んでいる。

「これって、あらかじめ予定されていたってことかもね」

クレイシニレから滞在許可証を受け取ってきたカヤコは、それを僕に見せながら言った。僕もその許可証を手にして同じことを思ったものだ。

「マルイチ君がポイント・ゼロはいまでも時空がかなり歪んでいるって言ってたよね。案外、戻ってみたらテントもリュックも消えてたりして」

ロープで縛った大きな薪の束をふたりで引きずりながらの帰り道でカヤコが言った。

「時空が歪むってそういうことなの？」

さすがに僕は久々の長時間の労働で息が切れ始めていた。装着者のカヤコの方は例によって元気いっぱいだ。

「さあ、分かんないけど」

カヤコが首を傾げてみせる。

テントもリュックもちゃんとあった。こうしてポイント・ゼロにいても感覚的には何も変わるところはなかった。

時空が歪むというのは一体どういう状態を言うのだろう?

時刻はいつの間にか午後四時を回っている。日没まであと二時間ほどだ。

「ねえ、暗くなる前に火をおこしましょう」

「そうだね。日が傾いたらさすがに冷え込んでくるからね」

ふたりで拾ってきた薪を選《え》り分け、太い枝から順々に組み上げていった。今晩一晩、火は絶やさないようにしたい。目測ではあるが、薪はそれくらいの量はあるはずだった。

着火剤をふりかけて点火すると、あっと言う間に大きな火が立った。やがて焚き火のあたたかさが僕たちをじんわりと包み込んでくれる。

火の前に並んで座り、川の向こうへと沈んでいく太陽を見送った。一週間前の大雨以降、空気はずっと澄んでいる。それもあって夕焼けが息を呑むほど鮮やかだ。だだっ広いだけで寂寥《せきりょう》たる河川敷が全面真っ赤に染まって、それは実に幻想的な風景だった。

ポイント・ゼロに着くと、川の音はますます大きくなっていた。それは水の流れというよりは水のうねりのような音なのだが、川岸まで近づいてみれば想像以上に川幅のある豊家川はのんびりとおだやかに川下に向かって流れている。

「風のいたずらなのかな、この音って」

カヤコが言った。しかし、風はほとんど吹いていない。

「案外、時空の歪みがこういう音を生んでいるのかもしれないね」

僕が言うと、

「そうなんだ」

カヤコがちょっと感心したような声になった。

焚き火とは別に河原の石を積んで小さなかまどを作り、そこでお湯を沸かしてコーヒーを淹れた。火にあたりながらコーヒーをすする。日は完全に没して、周囲は真っ暗闇だ。川音以外にはどんな音も聞こえなかった。

かまどに金網を置いてコッペパンとベジソーセージを焼いた。二杯目のコーヒーとそれが今夜の夕食である。

ホットドッグを頬張りながら焚き火を見つめていると、先に食べ終わったカヤコが、コーヒーの入った紙コップを両手で包むようにしたまま、

「私ね、ずっと思ってきたことがあるんだ」

と小さな声で言った。

彼女も僕もダウンジャケットを着こみ、畳んだ寝袋を敷物代わりにして火の前に座り込んでいる。地面からかすかに冷気が伝わってくるが、それでも寒くはなかった。

時刻は午後七時になろうとしている。

デルス・ウザーラ

私は幼い頃から、この自分という小さな世界に閉じ込められていることがとても悲しかった。ヒビキは生涯、自力で家の外に出ることさえできなかったけれど、そんな彼を見ていて、私だって同じようなものだといつも感じていた。決して自分自身への慰めではなくて本気でそう感じていたの。フクミツと一緒になったのは、たくさんの言語を喋ることのできるコスモポリタンだったから。父親の画廊を手伝いながら、絵や彫刻の買い付けも兼ねて、年中、世界中を旅して歩いていた。私は彼のそんな人生にあこがれたし、同伴者になりたいと思った。でも、ヒビキが生まれて、それは叶わない望みになった。一度だけ、フクミツに本当の気持ちを伝えたことがある。ヒビキは私の宝物だ、それは生涯変わらない。でも、私はやっぱりとっても悔しいって……。

そしたら、彼がこう言ったの。

「カヤコ、きみは『デルス・ウザーラ』というむかしの映画を観たことがあるかい？　結局、僕は世界中をほっつき歩いてみて理解したんだ。人間はみんなデルスなんだって。いや、むしろあの極東ロシアの厳寒の大地で猟銃片手に獲物を追いながら、太陽や月、大河や広大な凍土とともに黙々と生きて死んでいったデルスのような人物の方がずっとずっとホンモノで、自分のように面白半分にふらふらしている人間はきっと何者にもなれないんだって。僕たちはデルスのように生きるしかない。いや、生きるべきなんだって」

彼にそんなふうに言われて、私はそのとても古い映画を観た。

そして、ああ、フクミツはヒビキのためにデルスのように生きると決めたんだって思った。だったら、私もそうしなくちゃいけないって。

でもね、内心はやっぱりすごく悲しかった。

世界中を旅して生きることができなくなったのが悲しいのではなくて、フクミツの言うように、人間はデルスのようにしか生きられない、この自分という小さな世界に一生閉じ込められて生きるしかないって諦めをつけるしかないことが、すごくすごく悲しかった。

パリは、パリになる

テントの中で寝るつもりだったのだが、カヤコが焚き火のそばで寝袋に入って眠り始めたので僕もそうすることにした。どうせ火を絶やさないために何度か起きなくてはならなかったから、それはそれで構わない。夜になっても冷え込みはさほどではなく、焚き火さえ守っていれば露天でも問題はなさそうだった。

いつの間にか僕も眠ってしまった。

薪が爆《は》ぜるようなかすかな音で、ふと目を覚ました。あたりは真っ暗で、見上げた空にはたくさんの星が光っていた。

何時頃なのか見当はつかなかった。夜明けにはまだ時間があるのか、それとももう間もなくなのか？　ただ、案外よく眠った気がして顔を横に向け、音のした焚き火の方へと目をやった。

誰かが、焚き火のそばに佇んでいた。

小さくなった炎を黙って見つめている。骸骨ではない。ちゃんとした人間だった。炎の明かりに照らされて、その面差しがはっきりと見て取れる。

サカモトフキオ博士に間違いなかった。

僕は静かに半身を起こし、隣で寝息を立てているカヤコの身体を無言で揺する。カヤコもすぐに目を開けた。サカモト博士の方へと視線で促すと、そちらに顔を向けた彼女の瞳に驚きの色が走る。カヤコは、寝袋のジッパーを下ろしてそれを全部脱いだ。ゆっくりと立ち上がって、博士のいる焚き火の方ではなくテントの方へと向かう。その不審な動きに僕も急いで立ち上がった。サカモト博士は、こちらの慌ただしい気配に惑わされるでもなく、変わらずに小さな火を見つめていた。

カヤコがテントに入り、薪の束を抱えて出てきた。日が沈むと、夜露に濡れないように残った薪をテントのなかに移しておいたのだ。僕もテントに入り、持てるだけの薪を抱えて出る。それから、ふたりで焚き火の方へと歩み寄っていった。

博士には目もくれずに、カヤコは薪を火の中に放り込んでいく。僕も同じように持っていた薪をくべる。みるみる炎が大きくなった。明るさが増して、火の向こう側に立っている博士の全身がくっきりと浮かび上がる。白衣を羽織り、その下にはスーツを着込んでいる。足元はピカピカの革靴だ。動画や写真で何度も見た、それはサカモトフキオ博士そのままの姿だった。

「こんばんは」

炎をあいだに挟んで、カヤコが声をかけた。まるで初めて気づいたような様子で博士が顔を上げる。

「やあ」

なのに、いかにも親し気な笑みを浮かべてみせた。まるで旧友に会いにきた人のような風情だ。

「サカモト博士ですか?」

カヤコが言う。一目瞭然だろうと僕は思う。

「もちろん。ロボットじゃありませんよ」

苦笑する博士に、カヤコの質問の意味をさとった。爆心地ゼロに入って以降、骸骨に見えなかったのはロボット職員だけだった。カヤコは、目の前の人物がサカモト博士に似せて作られたロボットかもしれないと疑ったのだろう。さすがと言えばさすがだ。

「ここに来れば私に会えるとミギワさんに聞いたのですか？」

博士が言う。

不意に「ミギワ」という名前が博士の口から出て、最初、誰のことだか分からなかった。

「まあ、そんなところです」

カヤコが返す。

「そうですか……」

博士はしばし考え込むような沈黙を挟み、

「あなたたちもＴｉｍｅｒの時限装置を解除したいのですか？」

と言う。

「じゃあ、ナギサ先生も博士にＴｉｍｅｒを解除して貰ったんですね？」

カヤコの逆質問に、

「そうなのでしょうね。それがあなたたちの望みだったのであれば」

僕には博士が何を言っているのかうまく理解できない。隣のカヤコも同じような雰囲気だった。

だが、カヤコはそれ以上は問い返さなかった。黙って、大きくなった炎の向こうに立つ博士を見つめている。博士も無言だった。

「サカモト博士、あなたはなぜ生きているのですか？」

沈黙が数分はつづいただろうか。それに耐えかねて僕は言った。装着者でもない博士がいまもこうして生きているのはあり得ないことだ。

なぜだか大声になっていた。川の音同様に時空の歪みによってそうなってしまうのか？　そういえば川音はいつの間にか聞こえなくなっている。

「あなたがそう望んだからだよ」

博士が言った。さきほどまでとは口調ががらりと変わっている。

「カズマサ、カヤコ」

博士が僕たちの名前を口にする。

「あなたたちが私を呼んだ。私はあなたたちのなかから来た。それが真実なのだ。私たちは解放された。このエネルギーは真実に限りなく近似している。いま、あなたたちは別々の世界にいて、この私を同時に見ている。このエネルギーによって互いに重なり合い、互いの世界が共鳴しているのだ。ベイブの爆発によって新しい領域のエネルギーがひらかれた。あなたたちの世界は〝そういう世界〟だったのだ。このまったく新しいエネルギーがひらかれる世界にあなたたちはようやく到達した。私はこころからおめでとうと言いたい。幾つもの経験を思い出し、あなたたちはよくここまでやって来た。それはすべてあなたたちの意志の成果だ。人が意志を持ったとき重なりが生まれる。その重なりの複雑さが世界をつくる。パリに行きたいという意志を持ったとき、パリは生まれるのだ。なぜならパリに生きたという人生が重なって、あなたにパリをもたらすからだ。すべては意志によって織りなされる。その意志によって重なり合いが生じ、別々の世界が互いに干渉し合って唯一無二でありつつ無限でもある〝あなたの世界〟となる」

「パリに行きたいからパリがあるんですか？」

カヤコは不思議そうな声で言う。

いつぞや彼女が、「死後の世界への道というのは、それがあると信じる人にだけ開かれる」と言っていたのを僕は思い起こしていた。

「そうだ。パリはパリに行ったときにパリになる。パリのことを知りたいと本を開いたとき、初めてそこにパリがある。行った土地はそのとき初めて生まれ、知った場所はそのときに初めて知られるべきものとして生まれる。それがあなたの意志であるならば、必ずそうなる。書物は開くまで白紙なのだ。本を開いた瞬間に文字が生まれ、物語が始まる。結局は自分が作り出しているのだ。というのむかしから知っている物語を、ただ、思い出しているに過ぎない。すべては忘れてしまった記憶でしかない。あなたの世界から見れば、それが真実だ。そして、忘れた記憶を届けてくれるのは無限に存在するそれぞれの〝あなた〟なのだ」

「この世界は揺れるひとつひとつのゴンドラ――とはそういう意味なのですか？」

これは僕の問いかけだ。

「ゴンドラは無数に見えながら実は一つだと私は知った。揺れているがゆえに無数に見えているだけなのだ。世界はゴンドラに入った一つの意識によって創造され、〝ホンモノの存在〟はその意識一つだけだ。この意識が何度目のゴンドラの乗り手かによって、意識が自らの周囲に作り出すイメージの内容と質が大きく変化する。まだ回数の少ないゴンドラの乗り手（意識）は単純な世界を創造することしかできない。そのゴンドラが太古の時代や科学技術の未発達な時代を作り出している。回数が多い乗り手は、そうした経験をすでに得ているので、それを『過去の歴史』という『背景』にして現在の世界を創造する。歴史や時間の正体はそれなのだ。そして、ゴンドラへの乗務回数の少ない乗り手、多い乗り手というのも実際は存在しない。それらは結局、ひとりの乗り手だからだ。回数で数えられるというのは、分かりにくいかもしれないがそういうことなのだ。同時に、無限につづく回数のそれぞれをゴンドラのひとつひとつと見做すこともできる。ゴンドラが揺れているのは、実は、そういうことだ。私は、このポイント・ゼロに来て、そのことをさとった。回数は時間とは異なる次元に存在するカウントと捉えて貰いたい。そのカウントが重なり合うことで、カヤコの世界があり、カズマサの世界があり、そのふたつがいま干渉し合って、私を呼び出しているのだ。たったひとつのゴンドラが無限に回数を数えながら存在し、それぞれの回数が互いにこうして重なり合い、共鳴し合い、干渉し合っている」

「じゃあ、僕とカヤコは同じ人間なのですか？」

「同じ人間ともいえるし、別のゴンドラの乗り手とも言える。もっと適切に表現するならば、カヤコはカズマサのなかにおり、カズマサはカヤコのなかに存在する。カズマサにとってカヤコは幻影であり、カヤコにとってカズマサは幻影なのだ。なぜなら、揺れるゴンドラは一つであり、乗り手もまた一人なのだから」

「じゃあ、この世界には私しかいないのですか？」

カヤコがやや上ずった声で訊いた。

「その通りだ。いまこうして、あなたたちがいるのは、同じゴンドラの乗り手が重なり合っているからに過ぎない。すべてはあなたのイメージであり情報なのだ」

「どうしてこのエネルギーはひらかれたのですか？　博士がおっしゃっていた『怒りと絶望の光』とは一体何なのですか？」

僕はずっと気になっていたことを訊ねた。

博士はかつて、『われわれ人類が有史以前からつづけてきた残虐行為が、ついに限界点（閾値）を超えたことによって、このような「怒りと絶望の光」が豚たちの身体から発せられ』、それによって新しい領域のエネルギーが解放されたと語っているのだ。

「動物にとって人間は親なのだ。家畜だけではない。この地球上の動物たちにとって人間は親であり神だ。その親であり神である存在が、牛や豚や羊、鳥を殺している。彼ら家畜にとっては文字通り人間は親と同じであるにもかかわらず、人間は彼らを生産し、無造作に殺し、食っている。他の動物たちに対しても同様だ。平気で殺し、皮をはぎ、角や牙を抜き、そして食う。想像してもみよ。あなたを生み、あなたがあがめている神に、あなた自身が殺され、食われる世界を。すべての無慈悲、悲劇の根源はこのエネルギーの流れにある。かなしみはこのエネルギーの流れによって無尽蔵に生み出される。あなたたち人間が、神の名のもとに互いに殺し合うのも、結局は、そのエネルギーの流れにひざまずき、服従し、屈服させられているからだ。だが、その人間という神の残虐性が閾値を超えたとき、エネルギーの流れは変わった。それが、新しい領域のエネルギーがひらかれたということなのだ。あの日、ベイブが、ここ、この場所で爆発した瞬間に悲劇は消えた。いや、この世界に悲劇などもとからなく、実は、そのような（悲劇的な）エネルギーの流れが存在しただけだったのだ。カズマサとカヤコが到達した、この新しい領域のエネルギーがひらかれた世界は、かなしみの少ない世界だ。かなしみはこれからさらに減っていく。あなたたちは、そういう世界にようやくたどり着くことができたのだ。本来、どんなに小さな生物でも、ある瞬間に生の深い喜びを得る。自然からであったり、仲間との交歓からであったりのなかで、彼らはそれを得る。生きていることの素晴らしさを感じるのだ。だが、人間は牛や豚や羊、鳥たちからその喜びと尊厳を奪い取ってきた。だから、ベイブは必然として爆発したのだ」

そこまで言って、サカモト博士は「カヤコよ」と彼女の方へと顔を向けた。

「カヤコよ。最期の時を迎えて、この世界がすべてであること、あなたが世界全体であることを思い出しなさい。あなたは幼いころからずっと言われてきたはずだ。『お前はこの大きな地球のなかでは砂粒一つにも満たないのだ』とか『悠久の歴史のなかで、お前の人生など一瞬でさえないのだ』とか『この大宇宙のなかでお前の存在など無に等しいのだ』などと。そのように言われつづけて、あなた自身も、本当にそうなのだ、自分などチリアクタとも呼べないほどちっぽけな存在でしかないのだと思い込まされてきたであろう。だが、それは間違っている。あなた自身が世界なのだ。この世界は、あなた自身がすべてを作り出したものなのだ。これは、あなたの偉大な作品なのだ。あなたは、そのことを知るために今日、ここまでやって来た。そして、私を呼び出した。カヤコよ、いま、あなたの目的は十全に達せられた。もはやここにとどまる理由はなくなった」

博士はカヤコをじっと見つめたまま、静かに両手を広げた。

焚き火の火がすぅーっと消える。

するとどうだろう、あたりがすっかり明るんでいるのに僕は気づいたのだった。

「カヤコよ、あの光を見るがいい」

博士が今度は右手で東の空を指さした。いままさに太陽が豊家川の向こうに顔を出そうとしている。

カヤコが太陽へと顔を向けて、まぶしそうに目を細める。

「ヒビキもフクミツさんも、カズマサさんもみんな私の幻想……」

彼女は真っ直ぐに太陽を見たままつぶやく。

それが、僕が聞いた彼女の最後の言葉だった。

（了）

本書は書き下ろしです

白石一文（しらいし・かずふみ）

一九五八年、福岡県生まれ。早稲田大学政治経済学部卒業。出版社勤務を経て、二〇〇〇年『一瞬の光』でデビュー。〇九年『この胸に深々と突き刺さる矢を抜け』で山本周五郎賞、一〇年『ほかならぬ人へ』で直木賞を受賞。その他の著書に『一億円のさようなら』『プラスチックの祈り』『君がいないと小説は書けない』『ファウンテンブルーの魔人たち』『我が産声を聞きに』『道』『松雪先生は空を飛んだ』『投身』『かさなりあう人へ』などがある。

装丁　片岡忠彦

Timer《タイマー》
世界《せかい》の秘密《ひみつ》と光《ひかり》の見《み》つけ方《かた》

印　刷　2024年5月15日
発　行　2024年5月30日

著　者　白石一文《しらいしかずふみ》

発行人　小島明日奈
発行所　毎日新聞出版
〒102-0074　東京都千代田区九段南1-6-17　千代田会館5階
営業本部　03(6265)6941
図書編集部　03(6265)6745
印　刷　精文堂印刷
製　本　大口製本

ISBN978-4-620-10872-8